KB117213

워터멜론 슈거에서

IN WATERMELON SUGAR by Richard Brautigan

워터멜론 슈거에서

IN WATERMELON SUGAR

리처드 브라우티건 _ 최승자 옮김

비채

이 소설은 캘리포니아 주 볼리나스의 집에서
1964년 5월 13일에 시작되어
1964년 7월 19일 캘리포니아 주 샌프란시스코,
비버 스트리트 123번지의 집 거실에서 완성되었다.

이 소설은 돈 앨런, 조앤 카이거,
그리고 마이클 매클루어를 위한 것이다.

IN WATER-MELON SUGAR

차례

1 워터멜론 슈거에서

2 인보일

3 마거릿

1

워터멜론 슈거에서

워터멜론 슈거에서

워터멜론 슈거에서는 여러 가지 일이 다시, 또다시 행해졌다. 지금 내 삶이 워터멜론 슈거에서 행해지고 있는 것처럼. 나는 그것에 대해 이야기하겠다. 나는 여기 있고 당신들은 멀리 있으니까.

당신이 어디 있든, 우리 함께할 수 있는 한 잘해보자. 갈 길은 너무 멀고, 이곳은 워터멜론 슈거 외에 여행할 곳도 마땅치 않으니까. 나는 이 일이 잘되기를 바란다.

나는 아이디아뜨iDEATH 근처의 한 통나무 오두막에서 산다. 나는 창밖으로 아이디아뜨를 볼 수 있다. 아이디아뜨는 아름답다. 나는 눈을 감고도 아이디아뜨를 볼 수 있고 만질 수 있다. 지금의 아이디아뜨는 차갑고, 어린아이의 손에 들린 무언가처럼 돌고 있다. 저게 뭐가 될 수 있을지 모르겠다.

아이디아뜨에는 어떤 미묘한 균형이 있다. 우리에겐 그게 꼭 맞다.

통나무 오두막은 내 삶처럼 작지만 즐겁고 편안하다. 오두막은 이곳의 거의 모든 것이 그러하듯 소나무와 워터멜론 슈거와 돌로 만들어져 있다.

우리는 워터멜론 슈거로 우리 삶을 정성껏 만들어왔다. 소나무와 돌이 늘어선 길을 따라 우리 꿈의 끝까지 여행해왔다.

내 오두막에는 침대 하나, 의자 하나, 테이블 하나, 그리고 내 물건을 간직하는 커다란 농이 하나 있다. 그리고 밤이면 워터멜론 송어 기름으로 타는 등燈도 하나 있다.

그건 특별한 것이다. 그것에 대해서는 나중에 얘기하겠다. 나는 잔잔한 삶을 산다.

창가로 가 다시 창밖을 바라본다. 구름의 기다란 끝자락에서 태양이 빛나고 있다. 오늘은 화요일, 그래서 태양은 황금색이다.

소나무 숲, 그리고 그 소나무 숲에서 흘러나오는 강이 보인다. 강은 차갑고 맑고, 강물에는 송어가 있다.

어떤 강은 폭이 겨우 몇 센티미터에 지나지 않는다.

나는 너비가 1센티미터인 강을 하나 알고 있다. 내가 그걸 아는 이유는 온종일 강가에 앉아 있으면서 재본 적이 있기 때문이다. 그때 오후 한중간에 비가 내리기 시작했었지. 여기서 우리는 모든 것을 강이라고 부른다. 우리는 그런 사람이다.

나는 워터멜론 들판과 들판을 관류하는 강을 볼 수 있다. 소나무 숲과 워터멜론 들판에는 다리가 아주 많다. 내 오두막 앞에도 다리가 하나 있다.

어떤 다리는 나무로 만들어져 낡고 때 묻어 빗줄기처럼 은백색이고, 어떤 다리는 아주 먼 곳에서 가지고 온, 거리가 먼 순서대로 세워진 돌로 만들어졌고, 어떤 다리는 워터멜론 슈거로 만들어졌다. 나는 워터멜론 슈거로 만들어진 다리를 가장 좋아한다.

지금 아이디아뜨 근처에서 쓰이고 있는 이 책을 포함해 우리는 굉장히 많은 것을 워터멜론 슈거로 만든다. 그에 대해서는 뒤에 얘기하겠다.

모든 것은 이야기되어지고, 우리는 워터멜론 슈거 안을 여행하게 될 것이다.

마거릿

오늘 아침 문을 두드리는 소리가 있었다. 두드리는 방식으로 짐작하건대 나는 그게 누구인지 알 수 있었고, 그들이 다리를 건너오는 소리를 들었다.

그들은 유일하게 소리를 내는 널빤지를 밟고 건너왔다. 그들은 언제나 그 널빤지를 밟는다. 나는 그걸 결코 이해할 수가 없다. 나는 왜 그들이 항상 같은 널빤지를 밟는지, 어떻게 빼먹지 않고 그럴 수 있는지에 대해 아주 많이 생각해왔는데, 이제 그들이 내 오두막 밖에 서서 문을 두드리고 있었다.

나는 그들의 두드림을 아는 체하지 않았다. 관심이 없었기 때문이다. 나는 그들을 보고 싶지 않았다. 그들이 뭘 하려는지 알고 있었고, 그걸 좋아하지 않았다.

결국 그들은 문을 두드리길 그만두고서 다시 다리를 건너

갔다. 물론 이번에도 그들은 바로 그 널빤지, 오래전 만들어져 고칠 길이 없는, 못이 제대로 박혀 있지 않은 그 기다란 널빤지를 밟았고 이윽고 사라졌다. 그리고 널빤지는 잠잠해졌다.

나는 그 널빤지를 밟지 않고도 몇 백 번이고 다리를 건너다닐 수 있다. 그러나 마거릿은 언제나 그 널빤지를 밟는다.

나의 이름

내가 누구인지 당신은 좀 궁금하겠지만, 나는 정해진 이름이 없는 그런 사람 중 하나다. 내 이름은 당신에게 달려 있다. 그냥 마음에 떠오르는 대로 불러달라.

오래전 당신에게 있었던 어떤 일에 대해 생각한다고 해보자. 누군가 당신에게 어떤 질문을 했는데 당신은 답을 알지 못했다.

그것이 내 이름이다.

혹은 아주 세차게 쏟아졌는지도 모른다.

그것이 내 이름이다.

아니면 어떤 이들이 당신에게 무언가를 해달라고 했다. 당신은 그렇게 했다. 그러자 그들은 당신이 틀렸다고 말했다. "실수해서 미안합니다." 당신은 말했고 다른 무언가를 해야 했다.

그것이 내 이름이다.

혹은 당신이 아이였을 때 했던 놀이나, 당신이 늙어 창가 의자에 앉아 있을 때 마음속에 멍하니 떠오른 어떤 것.

그것이 내 이름이다.

아니면 당신은 어떤 곳을 걸었다. 도처에 꽃이 있었다.

그것이 내 이름이다.

혹은 당신은 어느 강물 속을 바라보았다. 당신 곁에 당신을 사랑하는 사람들이 있었다. 그들이 막 당신을 만지려 하고 있었다. 당신은 그 일이 일어나기도 전에 느낄 수 있었다. 그리고 그 일이 일어났다.

그것이 내 이름이다.

아니면 당신은 아주 멀리서 어떤 이의 부름을 들었다. 목소리는 메아리에 가까웠다.

그것이 내 이름이다.

혹은 당신이 침대에 누워 잠에 들려 하는데 하루를 끝내기에 아주 좋은, 혼자 하는 농담에 웃음이 나왔다.

그것이 내 이름이다.

아니면 당신은 무언가 맛있는 걸 먹고 있었고, 잠시 잠깐 뭘 먹고 있는지 잊어버렸지만 그래도 계속 먹으면서 그게 맛있다는 것을 알았다.

그것이 내 이름이다.

혹은 자정 무렵, 난로 안에서 불길이 조종弔鐘처럼 울렸다.

그것이 내 이름이다.

아니면 당신은 그녀가 당신에게 그 일을 애기했을 때 기분이 좋지 않았다. 그녀는 그걸 다른 사람에게 애기할 수도 있었다. 그녀의 문제를 잘 아는 다른 사람에게.

그것이 내 이름이다.

혹은 송어가 헤엄치고 있었으나 강은 겨우 20센티미터 너비였고, 달이 아이디아뜨를 비추고 있었고, 그래서 워터멜론 들판은 걸맞지 않게 빛을 발했고, 어두웠고, 모든 초목에서 달이 솟아오르는 것 같았다.

그것이 내 이름이다.

그리고 나는 마거릿이 날 가만 내버려두면 좋겠다.

프레드

마거릿이 떠나고 잠시 뒤에 프레드가 들렀다. 그는 다리와 아무런 관련도 없었다. 그는 단지 내 오두막에 오기 위해 다리를 이용할 뿐이었다. 그 밖에는 아무런 상관도 없었다. 그는 다만 내가 있는 곳으로 오기 위해 다리를 건널 뿐이었다.

그가 문을 열고 들어왔다.

"안녕!" 그가 말했다. "뭐 해?"

"별것 아니야." 내가 말했다. "그냥 일하는 중이야."

"난 방금 워터멜론 공장에서 오는 길이야." 프레드가 말했다. "내일 아침 나와 함께 공장에 내려가보면 좋겠는데. 합판 압착기에서 보여주고 싶은 게 있거든."

"좋아." 내가 말했다.

"잘됐군." 프레드가 말했다. "오늘 밤 저녁 식사 때 아이디아뜨에서 보자고. 저녁에는 폴린이 요리를 할 거라고 들었어. 우리가 괜찮은 식사를 하게 될 거라는 뜻이지. 나는 앨의 요리에는 좀 질려버렸거든. 앨은 항상 채소를 너무 푹 익혀. 그가 만드는 당근 요리도 이제 질려. 이번 주에도 또 당근을 먹는다면 난 비명을 지르고 말 거야."

"맞아. 폴린은 요리를 잘하지." 내가 말했다.

사실 나는 그때 음식에 별로 큰 관심이 없었다. 나는 다시 하던 일로 돌아가고 싶었다. 그렇지만 프레드는 내 단짝이었다. 우린 지금까지 함께 좋은 시간을 보내왔다.

프레드의 겉옷 주머니 밖으로 뭔가 이상하게 보이는 게 삐져나와 있었다. 나로서는 한 번도 본 적 없는 물건이었다.

"프레드, 주머니에 들어 있는 게 뭐야?"

"오늘 워터멜론 공장에서 숲을 거쳐 올라오는 길에 발견했어. 뭔지는 나도 모르겠어. 한 번도 본 적 없는 거야. 이게 뭐라고 생각해?"

그가 주머니에서 그것을 꺼내 나에게 건네주었다. 나는 그것을 어떻게 잡아야 할지 알 수 없었다. 내가 그걸 잡으려니 꽃과 바위를 동시에 잡으려는 것처럼 보였다.

"어떻게 잡지?" 내가 말했다.

"나도 몰라. 이것에 관해선 아무것도 모르겠어."

“저 아래 잊힌 작품Forgotten Works 지역에서 인보일inBOIL과 그 일당이 물건을 파낼 때 쓰는 물건처럼 보이는데. 이런 건 본 적이 없어.” 나는 그렇게 말하며 그것을 프레드에게 돌려주었다.

“찰리에게 보여주려고.” 프레드가 말했다. “아마 찰리는 알 거야. 그는 여기 있는 모든 것에 대해서 아니까 말이야.”

“맞아. 찰리는 아는 게 많지.” 내가 말했다.

“자, 난 이만 가보는 게 좋겠어.” 프레드가 말했다.

그는 그 물건을 겉옷 주머니에 도로 집어넣었다.

“저녁 식사 때 보자구.”

“좋아.”

프레드가 문밖으로 나갔다. 마거릿이 언제나 밟는, 다리 폭이 10킬로미터나 된다 하더라도 빼놓지 않고 꼭 밟는 그 널빤지를 밟지 않고 다리를 건너갔다.

찰리의 아이디어

프레드가 떠난 뒤 글쓰기로 다시 돌아오니 기분이 좋았다. 워터멜론 씨앗으로 만든 잉크에 펜을 적셔, 아래 지붕널 공장에서 빌이 만드는 향긋한 냄새가 나는 목판지에 글을 쓰는 것.

이 책에서 내가 얘기하려는 것의 목록이 여기 있다. 나중까지 숨겨서 무엇하랴. 당신이 뭘 보게 될지 지금 얘기하는 게 좋겠다.

1. 아이디아뜨(좋은 곳).

2. 찰리(내 친구).

3. 호랑이들. 그들이 어떻게 살았고 얼마나 아름다웠으며 어떻게 죽었는지. 그리고 그들이 내 부모를 잡아먹으면서 내게 무슨 얘기를 했고 내가 그들의 얘기에 무어라 응했고 그러자 그들은 내 부모를 먹어치우는 일을 중단했지만, 그게 내 부모

에게는 아무런 도움이 되지 않았고 그때쯤엔 무엇도 그들을 도울 수 없었다는 것. 그리고 호랑이들과 나는 오랫동안 이야기를 나눴고 그중 하나가 내 산수 숙제를 도와주었고, 그다음에 호랑이들은 내게 내 부모를 마저 다 먹어치울 동안 나가 있으라고 말했고, 그래서 나는 나갔고, 그날 밤 늦게 돌아와 내가 그 통나무 오두막을 불태워버렸고, 그 시절엔 그렇게 했다는 것.

4. 거울 동상.

5. 척 영감.

6. 밤에 하는 긴 산책. 때때로 나는 거의 움직이지 않고 한 곳에 몇 시간 동안 서 있곤 한다(손안에 바람을 쥔 듯이).

7. 워터멜론 공장.

8. 프레드(내 단짝).

9. 야구장.

10. 수로水路.

11. 에드워즈 박사와 학교 선생.

12. 아이디아뜨의 아름다운 송어 부화장. 부화장이 어떻게 지어졌고, 거기서 어떤 일이 벌어지는지(춤추기에 멋진 장소다).

13. 무덤조, 수직 통로, 그리고 수직 통로 가로대.

14. 어떤 웨이트리스.

15. 앨, 빌, 다른 사람들.

16. 시내.

17. 태양, 그리고 태양이 어떻게 변하는지(아주 재미있다).

18. 인보일과 그 일당, 그리고 그들이 파내던 곳. 즉 잊힌 작품이라는 이름을 가진 그곳, 그들이 저지른 끔찍한 짓과 그들에게 일어난 일, 그리고 그들이 죽어버린 지금, 이 근방이 얼마나 조용해지고 괜찮아졌는지.

19. 매일 이곳에서 생기는 대화와 사건(일, 목욕, 아침 식사, 저녁 식사).

20. 마거릿. 그리고 밤에 등불을 들고 다니는, 그러나 결코 가까이 오지는 않던 한 여인.

21. 우리의 모든 동상. 무덤에서 나오는 빛과 영원히 함께할 수 있도록 죽은 이를 묻는 장소.

22. 워터멜론 슈거에서 살아온 내 삶(분명 이보다 못한 삶도 있으리라).

23. 폴린(내가 특히 좋아하는 사람이다. 두고 보면 알 것이다).

24. 그리고 백칠십일 년에 걸쳐 스물네 번째로 쓰이는 이 책. 지난달, 찰리가 내게 말했다. "넌 동상을 만드는 일도, 다른 어떤 일도 좋아하지 않는 것 같은데, 책이나 쓰지그래? 마지막 책은 삼십오 년 전에 쓰였어. 누군가 새로운 책을 쓸 때가 된

거지."

그런 다음 그가 머리를 긁적거리며 말했다.

"이런, 그게 삼십오 년 전에 쓰인 책이라는 건 기억나는데 무슨 책이었는지는 기억할 수가 없군. 제재소에 사본이 한 권 있었더랬는데."

"누가 썼는지 알아요?" 내가 말했다.

"아니, 하지만 너 같은 사람이었어. 정해진 이름이 없었지." 그가 말했다.

나는 그에게 다른 책, 전에 쓰인 스물세 권의 책이 무엇에 관한 것이었는지 물어보았고, 그러자 그는 그중 하나는 올빼미에 관한 책이었던 것 같다고 말했다.

"맞아, 올빼미에 관한 책이었어. 그리고 그다음엔 솔잎에 관한 책이었지. 아주 따분한 책이었어. 잊힌 작품에 관한 책도 하나 있었어. 그게 어떻게 시작되어 어디에서 왔는지에 관한 이론을 다루었지. 그 책을 쓴 사람, 그 사람 이름은 마이크였어. 그는 잊힌 작품으로 긴 여행을 했어. 한 160킬로미터쯤 안으로 들어갔고 몇 주일 동안 떠나 있었지. 그는 맑은 날이면 보이는 높은 더미들 넘어서까지 갔어. 그는 그 더미들 너머엔 훨씬 더 높은 더미들이 있다고 말했지.

그는 잊힌 작품을 여행한 일을 책으로 썼어. 형편없는 책은 아니었어. 잊힌 작품에서 볼 수 있는 것보다야 훨씬 좋은 책이었지. 그 책들이야말로 끔찍하거든.

그는 자기가 거기서 며칠 동안 길을 잃고 헤매다가 길이가 3킬로미터쯤 되는 초록색의 무언가와 마주쳤다고 했어. 그는 그에 대해 더 자세하게 덧붙이려 하지 않았어. 자기 책에서조차 말이야. 그냥 3킬로미터 길이에 초록색이었다고만 말했어. 저 아래 개구리 동상 옆에 있는 무덤이 그의 무덤이야."

"나도 그 무덤을 잘 알아요." 내가 말했다. "금발에 적갈색 겉옷을 입었더군요."

"맞아, 그 사람이야." 찰리가 말했다.

일몰

그날 쓸 것을 다 쓰고 났을 때는 일몰이 가까웠다. 아래 아이디아뜨에 저녁 식사가 준비되어 있을 것이었다.

나는 폴린을 만나고, 그녀가 만든 음식을 먹고, 식사 자리에서 그녀를 보게 될 것을 기대하고 있었다. 어쩌면 식사 후에 그녀를 만나게 되리라. 수로를 따라 긴 산책을 할 수도 있겠지.

그다음에 우리는 그녀의 통나무 오두막집으로 가 밤을 지내거나, 아니면 아이디아뜨에 그대로 머물러 있거나, 아니면 여기로 다시 올라올 것이다. 다음으로 들른 마거릿이 문을 부수지 않는다면.

잊힌 작품의 더미 위로 해가 넘어가고 있었다. 더미들은 기억 너머 먼 곳으로 거슬러가며 일몰 속에서 빛이 났다.

점잖은 귀뚜라미

나는 밖으로 나가 다리 위에 잠시 서서 저 아래 강물을 내려다보았다. 7센티미터 너비의 강이었다. 강물엔 두 개의 동상이 있었다. 그중 하나는 내 어머니의 동상이었다. 어머니는 좋은 사람이었다. 동상은 오 년 전 내가 만든 것이었다.

나머지 하나는 귀뚜라미 동상이었다. 그건 내가 만든 게 아니었다. 오래전 호랑이 시절에 누군가 그 동상을 만들었다. 아주 점잖은 동상이다.

나는 내 다리를 좋아한다. 내 다리가 온갖 것으로 만들어졌기 때문이다. 나무, 먼 곳의 돌, 그리고 워터멜론 슈거로 만든 부드러운 널빤지로.

나는 터널처럼 나를 감싸는 기다랗고 차가운 잔광을 헤치면서 아이디아뜨를 향해 걸어 내려갔다. 소나무 숲으로 들어서

자 아이디아뜨는 내 시야에서 사라졌다. 나무는 차가운 냄새를 풍겼고, 차츰차츰 더 어두워져가고 있었다.

다리 점등

소나무 숲에서 고개를 들어 보니 개밥바라기가 보였다. 개밥바라기는 하늘에서 정다운 붉은빛으로 빛나고 있었다. 이곳의 별은 붉은빛이다. 언제나 그 빛깔이다.

반대쪽 하늘에 두 번째 개밥바라기가 나타났다. 인상적이진 않지만 먼저 나타난 것만큼이나 아름다웠다.

나는 진짜 다리와 버려진 다리가 있는 곳에 다다랐다. 두 다리는 한 강물 위에 나란히 걸려 있었다. 강물에서 송어들이 뛰어오르고 있었다. 길이가 50센티미터쯤 되는 송어 한 마리가 뛰어올랐다. 개중 멋있는 물고기였다. 그 송어를 오래도록 기억할 것임을 나는 알고 있었다.

누군가 길을 따라 올라오고 있는 것을 보았다. 진짜 다리와 버려진 다리에 불을 밝히기 위해 아이디아뜨에서 올라오는 척 영감이었다. 그는 나이가 아주 많았으므로 천천히 걷는 중이었다.

어떤 이들은 그가 다리에 점등을 하러 다니기에는 너무 늙었으니 아이디아뜨에서 편히 쉬며 지내야 한다고 말한다. 그러나 척 영감은 등에 불을 붙이고 아침에 다시 돌아와 불을 끄는 일을 좋아한다.

척 영감은 누구나 뭔가 할 일이 있어야 하고, 다리에 점등하는 게 바로 자기 일이라고 말한다. 찰리도 그와 같은 의견이다.

"척 영감이 점등 일을 하고 싶어 한다면 하게 놔둬야지. 그래야 영감이 다른 장난질을 치지 않지."

그건 농담이라고 할 만한 것이다. 왜냐하면 척 영감은 최소 아흔 살 이상이고, 장난질이란 몇 십 년의 속도로 움직이면서 이미 그를 멀리 벗어나버렸기 때문이다.

눈이 나쁜 척 영감이 나를 보지 못해 거의 밟아 쓰러뜨릴 뻔했다. 나는 그를 기다리고 있었다.

"안녕하세요, 척." 내가 말했다.

"안녕." 그가 말했다. "다리에 점등을 하러 왔어. 오늘 저녁은 좀 어때? 난 다리에 점등을 하러 왔어. 아름다운 저녁이야. 그렇지 않아?"

"네. 아름답네요." 내가 말했다.

척 영감은 버려진 다리로 건너가 겉옷에서 15센티미터 길이의 성냥을 꺼내, 아이디아뜨 쪽에 있는 다리 등에 불을 붙였다. 버려진 다리는 호랑이 시절 이후로 쭉 그 모습이었다.

그 시절, 호랑이 두 마리가 그 다리에서 덫에 걸려 죽임을 당했다. 그리고 사람들은 다리에 불을 놓았다. 불은 다리의 일부만을 파괴했다.

호랑이들의 시체는 강물로 떨어졌는데, 그들의 뼈가 강바닥 모래 많은 곳에 누워 있거나, 바위 틈에 끼어 있거나, 여기저기 흩어져 있는 것을 아직도 볼 수 있다. 잔뼈와 갈비뼈, 두개골의 일부까지.

강에는 그 뼈들과 나란히 동상이 하나 있었다. 오래전 호랑이들에 의해 죽임당한 이의 동상이다. 누구였는지는 아무도 모른다.

사람들은 다리를 고치지 않았고, 그래서 지금 그것은 버려진 다리가 되었다. 다리 양 끝에 등이 하나씩 있었다. 척 영감은 매일 저녁 그 등에 불을 붙인다. 여전히 어떤 이들은 그가 그 일을 하기엔 너무 늙었다고 말한다.

진짜 다리는 전부 소나무로 만들어졌다. 지붕이 있는 다리이기 때문에 안은 언제나 귓속처럼 어둡다. 진짜 다리의 등은 얼굴 모양을 하고 있다.

하나는 아름다운 어린아이의 얼굴이고, 나머지 하나는 송어의 얼굴이다. 척 영감은 겉옷에서 꺼낸 기다란 성냥으로 등에 불을 붙였다.

버려진 다리의 등은 호랑이 모양을 하고 있다.

"아이디아뜨까지 같이 걸어가요." 내가 말했다.

"아니야, 난 너무 느려. 그러다간 자네가 저녁 식사에 늦을 거야." 척 영감이 말했다.

"영감님은 어떻게 하고요?" 내가 말했다.

"난 벌써 먹었어. 길을 나서기 전에 폴린이 먹을 걸 주었지."

"저녁에 뭘 먹게 될까요?" 내가 말했다.

"안 돼." 싱글거리며 척 영감이 말했다. "폴린이 당부했어. 길에서 자넬 만나도 오늘 저녁 식사가 뭔지 얘기해주지 말라고 말이야. 약속까지 했다고."

"폴린도 참." 내가 말했다.

"약속까지 했다고." 척 영감이 말했다.

아이디아뜨

내가 아이디아뜨에 도착했을 때는 거의 어두워질 무렵이었다. 두 개의 개밥바라기는 이제 나란히 빛나고 있었다. 작은 별이 큰 별 쪽으로 옮겨온 것이다. 두 별은 거의 닿을 듯 아주 가까웠고, 이윽고 하나로 합쳐져 한 개의 아주 큰 별이 되었다.

그런 일이 옳은지는 잘 모르겠다.

아래 아이디아뜨에는 불이 켜져 있었다. 소나무 숲을 나와 언덕 아래로 내려오면서 그 불빛을 바라보았다. 불빛은 따뜻하고 매혹적이고 쾌활했다.

아이디아뜨에 다다르기 바로 전에 아이디아뜨는 바뀌었다. 아이디아뜨는 언제나 그렇다. 언제나 변한다. 그게 최선이다. 나는 현관을 향해 계단을 걸어 올라가, 문을 열고 안으로 들어갔다.

나는 부엌을 향해 거실을 가로질러 갔다. 거실에는 아무도 없었다. 강을 따라 놓인 긴 의자에는 아무도 앉아 있지 않았다. 평소 사람들이 모여 있는 곳인데 말이다. 거기가 아니면 커다란 바위 옆에 있는 나무들 가운데 서 있기도 하는데 그곳에도 아무도 없었다. 강을 따라서 그리고 나무들 가운데서 많은 등불이 빛나고 있었다. 저녁 식사 시간이 아주 가까웠다.

거실 맞은편에 닿자 부엌에서 풍겨 나오는 맛있는 냄새를 맡을 수 있었다. 나는 거실을 빠져나와 강 아래편으로 이어지는 낭하를 따라 걸어 내려갔다. 내 위로 거실에서 흘러나오는 강물 소리가 들렸다. 강물 소리가 듣기 좋았다.

낭하는 다른 모든 것이 그러하듯 말라 건조했고, 나는 부엌에서 낭하를 따라 올라오는 좋은 냄새를 맡을 수 있었다.

거의 모두가 부엌에 모여 있었다. 아이디아뜨에서 식사하는 사람들 말이다. 찰리와 프레드는 뭔가에 대해 얘기하고 있었다. 폴린은 막 식사를 차리려 하고 있었다. 모두 다 앉아 있었다. 그녀는 나를 보고 즐거워했다.

"어서 와요, 손님." 그녀가 말했다.

"저녁 식사는 뭐야?" 내가 말했다.

"스튜." 그녀가 말했다. "당신이 좋아하는 식으로 만들었지."

"아주 좋군." 내가 말했다.

그녀는 내게 다정한 미소를 던졌고 나는 앉았다. 폴린이 입은 새 드레스가 몸의 매력적인 윤곽을 드러냈다.

드레스의 앞섶이 낮아 가슴의 고운 곡선이 드러났다. 모든 게 다 좋았다. 그녀의 드레스는 워터멜론 슈거로 만들어져 달콤한 냄새를 풍겼다.

"책은 어떻게 되어가지?" 찰리가 말했다.

"그럭저럭 괜찮아요." 내가 말했다.

"솔잎에 관한 책이 아니길 바라." 찰리가 말했다.

폴린이 내게 가장 먼저 음식을 내주었다. 그녀는 스튜를 아주 푸짐하게 담아주었다. 사람들은 내가 제일 먼저 음식을 받았으며 음식 양이 아주 많다는 걸 의식했고, 그래서 모든 사람이 싱글거렸다. 그들은 그게 뭘 의미하는지 알고 있었다. 그리고 그들은 이런 일을 즐거워했다.

그들 중 대부분이 더는 마거릿을 좋아하지 않았다. 거의 모든 사람이 마거릿이 인보일, 그리고 그 일당과 작당을 했다고 생각했다. 물론 확실한 증거는 없었다.

"스튜 맛이 정말 좋군." 프레드가 말했다.

그는 스튜를 한 숟갈 듬뿍 떠 입으로 가져가다 겉옷에 흘릴 뻔했다.

"정말 좋군." 프레드가 되뇌었다. 그러더니 소리를 죽여 말했다. "당근 요리보다 훨씬 나아."

앨이 프레드의 말을 거의 들을 뻔했다. 그는 잠시 프레드를 뚫어져라 보았다. 그러나 확실히 알아들은 건 아니었다. 그다음 긴장을 풀고 이렇게 말한 것이다.

"그러니까 말이야, 프레드."

폴린이 슬며시 웃었다. 그녀는 프레드가 하는 말을 들었다. 나는 그녀에게 눈짓으로 말했다.

"너무 심하게 웃지 마. 앨이 자기 요리 솜씨를 어떻게 생각하는지 알잖아."

폴린은 알았다는 듯 고개를 끄덕였다.

"책이 솔잎에 관한 것만 아니라면야." 찰리가 되뇌었다.

무어라 말을 한 지 십 분은 족히 지났는데 말이다. 그리고 그것이야말로 솔잎에 관한 거였다.

호랑이들

저녁 식사가 끝나자 프레드는 자기가 접시를 닦겠다고 말했다. 폴린은 괜찮다고 말했지만 프레드는 정말로 식탁을 치우기 시작함으로써 자기 의견을 고집했다. 그는 숟가락과 접시를 집어 들었고, 그걸로 상황은 정리되었다.

찰리는 거실로 들어가 강가에 앉아 파이프나 피워야겠다고 말했다. 앨이 하품을 했다. 다른 사람들은 이런저런 일을 하겠다고 말하며 자리를 떴다.

그때 척 영감이 들어왔다.

"왜 이렇게 오래 걸리셨어요?" 폴린이 말했다.

"강가에서 좀 쉬려고 마음먹었는데 잠이 들어서 호랑이 꿈을 길게 꾸었어. 호랑이들이 다시 나타나는 꿈이었어."

"듣기만 해도 끔찍하군요." 폴린이 말했다.

그녀는 몸을 떨었다. 새처럼 어깨를 웅크리고 그 위에 양손을 얹었다.

"아냐, 괜찮았어." 척 영감이 말했다.

그는 의자에 앉았다. 그가 의자에 앉는 데 긴 시간이 걸렸다. 다 앉고 나니 의자가 그의 몸을 키우는 것만 같았다. 몸이 의자에 아주 꽉 꼈다.

"이번엔 좀 달랐어." 척 영감이 말했다. "호랑이들은 악기를 다뤘고 달빛 속에서 오래도록 걸어 다녔지. 강가에 다다라서는 연주를 했어. 멋진 악기였어. 그들은 또 노래도 불렀지. 호랑이들의 목소리가 얼마나 아름다웠는지 기억하고들 있겠지."

폴린은 다시 몸을 떨었다.

"네." 내가 말했다. "호랑이들은 아름다운 목소리를 가졌지요. 하지만 그들이 노래하는 건 들어본 적이 없는데요."

"내 꿈속에서 호랑이들은 노래를 불렀어. 가락은 생각나는데 가사가 기억이 안 나는군. 좋은 노래였어. 무시무시한 건 하나도 없었어. 내가 나이가 많이 들었나 봐."

"아니에요. 호랑이들이 아름다운 목소리를 가지긴 했죠." 내가 말했다.

"난 그들의 노래가 좋았어." 그가 말했다. "그런 다음 깨어났는데 추웠어. 다리에 등불이 켜진 게 보였어. 호랑이들의 노래는 기름으로 타고 있는 그 등불 같았어."

"영감님을 걱정했어요." 폴린이 말했다.

"아냐." 척 영감이 말했다. "난 풀밭에 앉아 어떤 나무에 기대어 있다가 잠이 들어 호랑이에 관한 긴 꿈을 꾼 거야. 호랑이들이 노래를 불렀는데 가사가 생각나지 않는군. 그들의 악기는 멋졌어. 등불 같았지."

척 영감의 음성이 잦아들었다. 그의 몸은 줄곧 편안하게 풀어져 있었다. 워터멜론 슈거에 두 팔을 얹어놓은 채, 마치 언제나 그 의자에 앉아 있어온 것처럼 보였다.

아이디아뜨에서 더 이어진 대화

폴린과 나는 거실로 들어가, 커다란 바위 더미 옆 나무숲에 있는 긴 의자에 앉았다. 주위엔 온통 등불이었다.

나는 그녀의 손을 잡았다. 그녀의 손은 일련의 온화함을 거쳐 얻게 되는 어떤 큰 힘을 갖고 있었고, 그 힘은 내 손이 안정감을 느끼게 해주었다. 하지만 또한 어떤 짜릿한 흥분도 느껴졌다.

그녀는 내게 아주 바짝 붙어 앉아 있었다. 나는 그녀의 드레스 너머 그녀의 온기를 느낄 수 있었다. 내 마음속에서 그 온기는 그녀의 옷과 같은 빛깔, 즉 황금색이었다.

"책은 어떻게 되어가?" 그녀가 말했다.

"괜찮아." 내가 말했다.

"뭐에 관한 거야?" 그녀가 말했다.

"모르겠어." 내가 말했다.

"비밀이야?" 미소 지으며 그녀가 말했다.

"아니야." 내가 말했다.

"잊힌 작품의 몇몇 책처럼 연애소설이야?"

"아니야." 내가 말했다. "그런 책이 아니야."

"내가 아이였을 때 생각이 나." 그녀가 말했다. "우린 그때 그런 책을 태워 땔감으로 썼어. 수두룩하게 있었지. 그런 책은 아주 오래 탔어. 하지만 지금은 그런 책이 많지 않지."

"내 건 그냥 책이야." 내가 말했다.

"좋아." 그녀가 말했다. "그만 풀어줄게. 하지만 궁금해하는 걸 잘못이라고 할 순 없어. 이곳엔 오래도록 책을 쓰는 사람이 없었잖아. 적어도 내가 살아오는 동안엔 말이야."

프레드가 접시를 다 닦고 거실로 들어왔다. 그는 위편 나무숲 가운데 있는 우리를 보았다. 등불이 우리 모습을 환하게 비추고 있던 것이다.

"안녕, 거기 위에 있는 사람들." 프레드가 외쳤다.

"안녕." 우리가 아래를 향해 외쳤다.

프레드는 아이디아뜨의 큰 강으로 흘러드는 작은 강을 건너 우리가 있는 곳으로 걸어 올라왔다. 그는 자신의 발소리를 울려 퍼지게 만드는, 금속으로 만든 조그만 다리를 건너왔다. 나는 그 다리가 잊힌 작품에서 인보일이 찾아낸 거라고 믿고 있다. 인보일이 그걸 이 아래로 가져와 끼워놓은 것이다.

"설거지해줘서 고마워요." 폴린이 말했다.

"고맙긴." 프레드가 말했다. "두 사람을 방해해서 미안해. 하지만 내일 아침 합판 공장에서 만나기로 한 걸 상기시켜줘야겠다고 생각했어. 거기 아래에 보여주고 싶은 게 있거든."

"잊지 않았어." 내가 말했다. "뭐에 관한 거랬지?"

"내일 보여줄게."

"좋아."

"나는 할 말 끝났어. 두 사람이 서로 할 말이 많다는 걸 알아. 그러니까 난 이제 가겠어. 폴린. 정말 멋진 저녁 식사였어."

"오늘 내게 보여줬던 그 물건 아직 갖고 있어?" 내가 말했다. "폴린에게 보여줬으면 해서."

"무슨 물건인데?" 폴린이 말했다.

"프레드가 오늘 숲에서 발견한 거야."

"아니, 지금은 없어." 프레드가 말했다. "내 오두막에 두고 왔어. 내일 아침 식사 때 보여주지."

"그게 뭔데?" 폴린이 말했다.

"우리도 몰라." 내가 말했다.

"맞아, 좀 이상하게 생긴 물건이야." 프레드가 말했다. "잊힌 작품에 있을 법한 그런 물건이야."

"오." 폴린이 말했다.

"뭐, 아무튼 내일 아침 식사 때 보여주지."

"좋아요." 그녀가 말했다. "기대하고 있겠어요. 뭔지 모르지만 아주 신비스러운 것 같은데요."

"그래, 그러면 난 이제 가겠어. 내일 합판 공장에서 만나기로 한 걸 상기시켜주고 싶었을 뿐이거든. 좀 중요한 일이라." 프레드가 말했다.

"서둘러 떠날 것 없어." 내가 말했다. "잠시 함께 있지그래. 앉아."

"아냐, 아냐." 프레드가 말했다. "오두막에 올라가 할 일이 있거든. 어쨌든 고마워."

"좋아." 내가 말했다. "안녕."

"다시 한번 설거지해줘서 고마워요." 폴린이 말했다.

"별것도 아닌걸."

아주 많은 굿 나이트

밤이 깊어가고 있었다. 폴린과 나는 찰리에게 굿 나이트 인사를 하러 내려갔다. 그가 좋아하는 동상 부근, 추운 밤이면 몸을 덥히기 위해 작은 불을 지펴놓는 곳에서 긴 의자에 앉아 있는 그를 간신히 발견했다.

빌이 그와 함께 있었다. 그들은 함께 앉아 뭔가에 대해 대단한 관심을 갖고 얘기하고 있었다. 빌은 허공에 대고 두 팔을 휘저으면서 얘기 중의 일부를 몸짓으로 보여주고 있었다.

"굿 나이트 인사하러 내려왔어요." 그들 사이에 끼어들며 내가 말했다.

"아, 안녕." 찰리가 말했다. "그래, 굿 나이트. 그나저나 두 사람은 좀 어때?"

"좋아요." 내가 말했다.

"근사한 저녁 식사였어." 빌이 말했다.

"맞아, 정말 좋았어." 찰리가 말했다. "훌륭한 스튜였어."

"고마워요."

"내일 봐요." 내가 말했다.

"여기 아이디아뜨에서 밤을 지낼 건가?" 찰리가 말했다.

"아뇨. 폴린 집에서 밤을 보낼 거예요."

"그거 잘됐군." 찰리가 말했다.

"굿 나이트."

"굿 나이트."

"굿 나이트."

"굿 나이트."

식물

폴린의 통나무 오두막은 아이디아뜨에서 1.5킬로미터가량 떨어진 곳에 있다. 그녀는 거기서 많은 시간을 보내진 않는다. 오두막은 시내 너머에 있다. 여기 워터멜론 슈거에 있는 우리는 약 삼백칠십오 명쯤이다.

많은 이들이 시내에서 살고 있지만, 통나무 오두막이 있는 다른 곳에서 사는 사람도 있다. 그리고 물론 우리처럼 아이디아뜨에서 사는 사람도 있다.

시내에는 거리의 가로등 말고도 몇 개의 등불이 켜져 있었다. 에드워즈 박사의 집 등불도 켜져 있었다. 그는 언제나 밤에 잠드는 데 아주 애를 먹는다. 학교 선생 집의 등불도 역시 켜져 있었다. 아마도 아이들을 가르치기 위한 수업 준비를 하고 있을 것이다.

우리는 강을 가로지르는 다리 위에서 멈췄다. 다리에는 연한 초록색 등불이 있었다. 그것들은 사람 그림자 모양을 하고 있었다. 폴린과 나는 키스했다. 그녀의 입술은 촉촉하고 차가웠다. 아마도 밤 추위 때문에.

나는 송어 한 마리가 강에서 튀어 오르는 소리를 들었다. 늦게 뛰는 놈이었다. 그놈은 좁다란 문짝만 한 물보라를 일으켰다. 근처에 동상이 하나 있었다. 거인만 한 콩 동상이었다. 그렇다, 콩이다.

오래전에 식물을 좋아한 누군가가 있었다. 그래서 워터멜론 슈거 여기저기에 스무 개 혹은 서른 개의 식물 동상이 흩어져 있었다.

지붕널 공장 부근에는 아티초크 동상이 있고, 아이디아뜨 송어 부화장 근방에는 3미터 길이의 당근 동상이, 학교 근처에는 포기 상추 동상이, 잊힌 작품 입구 가까이에는 양파 다발 동상이, 사람들이 사는 오두막 근처에는 다른 종류의 식물 동상이, 야구장 옆에는 스웨덴순무 동상이 있다.

나의 오두막에서 조금 떨어진 곳에는 감자 동상이 있다. 나는 그 동상을 특별히 좋아하진 않지만, 오래전 그것을 사랑한 누군가가 있었다.

언젠가 나는 찰리에게 그 사람이 누군지 아느냐고 물었지만 찰리는 조금도 아는 게 없다고 말했다.

"하지만 식물을 정말로 좋아하는 사람이었다는 건 분명해." 찰리는 말했다.

우리는 폴린의 거처를 향해 계속 걸어 올라갔다. 우리는 워터멜론 공장을 지나쳤다. 그곳은 잠잠했고 어두웠다. 내일 아침이면 그곳은 밝은 빛과 부산함으로 가득 찰 것이다. 수로도 보였다. 그것은 이제 하나의 긴긴 그림자였다.

우리는 강을 가로지르는 또 다른 다리로 들어섰다. 다리에는 평범한 등불이 있었고, 강물엔 동상이 있었다. 열두엇 정도 되는 창백한 빛줄기가 강바닥에서부터 올라오고 있었다. 무덤이었다.

우리는 걸음을 멈추었다.

"오늘 밤은 무덤이 멋있어 보이는데." 폴린이 말했다.

"정말 그렇군." 내가 말했다.

"여긴 대부분이 아이들 무덤이야. 그렇지?"

"맞아." 내가 말했다.

"정말로 아름다운 무덤이야." 폴린이 말했다.

강물 저 아래 무덤에서부터 나오는 빛 위로 나방이 푸득거리고 있었다. 모든 무덤마다 대여섯 마리의 나방이 푸득거리고 있었다.

갑자기 큼직한 송어 한 마리가 무덤 위 물 밖으로 튀어 올라 나방 한 마리를 잡아챘다. 다른 나방들은 흩어졌다가 다시 돌아왔고, 전의 그 송어가 다시 튀어 올라 또 한 마리를 잡아챘다. 꾀 많고 노련한 놈이었다.

송어는 더는 튀어 오르지 않았고, 나방들은 무덤에서 나오는 빛 위에서 평화롭게 푸득거리고 있었다.

다시 마거릿

"마거릿은 이 모든 일을 어떻게 받아들이고 있어?" 폴린이 말했다.

"몰라." 내가 말했다.

"상처를 입은 거야, 화가 난 거야, 아니면 뭐야? 그녀의 기분이 어떤지 알아?" 폴린이 말했다. "마거릿과 이야기 나눈 뒤로 그녀가 이 일에 대해 너에게 얘기한 적 있어? 마거릿은 나에겐 전혀 말을 걸지 않아. 어제 워터멜론 공장 근처에서 그녀를 보았는데, 내가 인사를 해도 아무 말도 하지 않고서 날 지나쳐 가버렸어. 끔찍이도 타격을 받은 것 같아 보였어."

"그녀가 어떤 기분인지 난 몰라." 내가 말했다.

"난 오늘 밤 그녀가 아이디아뜨에 올 거라고 생각했는데 오지 않았어." 폴린이 말했다. "왜 그녀가 올 거라고 생각했는지 모르겠어. 그냥 그런 느낌이 들었던 건데, 내가 틀렸어. 그녀를 본 적이 있어?"

"아니." 내가 말했다.

"어디서 지내는 걸까?" 폴린이 말했다.

"친오빠 집에서 지내지 않을까."

"난 이 일이 마음에 걸려. 마거릿과 나는 좋은 친구 사이였는데. 우리가 아이디아뜨에서 함께 보낸 그 시절에." 폴린이 말했다. "우린 거의 자매 같았어. 일이 하필 이렇게 돼버려서 슬프고 안타까워. 하지만 우리가 할 수 있는 건 아무것도 없어."

"마음은 특별한 거야. 어떻게 될지 아무도 알 수 없지." 내가 말했다.

"맞아." 그녀가 말했다.

그녀는 멈춰 서서 내게 키스했다. 이윽고 우리는 다리를 건너 그녀의 오두막으로 향했다.

폴린의 오두막

폴린의 오두막은 전체가 워터멜론 슈거로 만들어졌다. 돌 손잡이가 달린, 회색빛을 입힌 소나무 문만 빼고는.

심지어 창문도 워터멜론 슈거로 만들어졌다. 이곳의 많은 창문이 워터멜론 슈거로 만들어졌다. 창문 제작자인 칼의 손을 거치면 슈거와 유리를 구별하기 힘들다. 누가 만드느냐에 달린 문제인데 아무렴 그건 정교한 기술을 필요로 하고, 칼은 그 기술을 갖고 있다.

폴린이 등에 불을 켰다. 워터멜론 송어 기름이 타면서 등불은 향긋한 냄새를 풍겼다. 우리는 워터멜론과 송어를 합해 등에 사용할 근사한 기름을 만드는 법 또한 알고 있다. 우리는 늘 그 기름을 이용해 불을 켠다. 기름은 은은한 향기를 풍기고 좋은 빛을 만들어준다.

폴린의 오두막은 모든 오두막이 그러하듯 아주 단순하다. 모든 게 제자리에 있다. 그녀는 몇 시간 혹은 하룻밤 아이디아뜨에서 벗어나고 싶을 때 오두막을 이용한다.

아이디아뜨에서 지내는 우리 모두 벗어나고 싶을 때 찾는 각자의 오두막을 갖고 있다. 나는 다른 누구보다도 더 많은 시간을 내 오두막에서 보낸다. 나는 대개 일주일에 한 번씩만 아이디아뜨에서 잔다. 물론 식사는 대부분 아이디아뜨에서 한다. 정해진 이름이 없는 우리는 많은 시간을 혼자 보낸다. 우리에겐 그게 꼭 맞다.

"자, 이제 다 왔네." 폴린이 말했다.

등의 불빛에 비친 그녀는 아름다워 보였다. 그녀의 두 눈이 반짝였다.

"이리 와." 내가 말했다.

그녀가 내게 왔다. 나는 그녀의 입에 키스했고, 그녀의 가슴을 만졌다. 그녀의 가슴은 부드러우면서도 단단했다. 나는 그녀의 드레스 앞섶에 손을 갖다댔다.

"기분이 좋아." 그녀가 말했다.

"좀 더 할까?" 내가 말했다.

"좋아." 그녀가 말했다.

우리는 그녀의 침대로 가 누웠다. 나는 그녀의 옷을 벗겼다.

그녀는 속에 아무것도 걸치지 않았다. 우리는 한참 그러고 있었다. 이윽고 내가 침대에서 일어나 겉옷을 벗고서 다시 그녀 옆에 누웠다.

사랑 한차례, 바람 한차례

우리는 길고 느리게 사랑을 했다. 바람이 불어닥쳐 창문이 조금 흔들렸다. 슈거로 만든 창문이 바람에 살짝 열렸다.

나는 폴린의 몸이 좋았다. 그녀 역시 내 몸이 좋다고 말했다. 그리고 우리는 아무런 말도 생각해낼 수 없었다.

갑자기 바람이 멈췄고, 그러자 폴린이 말했다.

"저게 뭐지?"

"바람이야."

다시 호랑이들

사랑을 나눈 뒤, 우리는 호랑이들에 대해 얘기했다. 얘기를 꺼낸 건 폴린이었다. 그녀는 내 곁에 포근히 누워 있었고, 호랑이들에 대해 얘기하고 싶어 했다. 그녀는 척 영감의 꿈이 그들에 대해 생각하게 만들었다고 했다.

"호랑이들이 어째서 우리 말을 할 수 있었을까?"

"누가 알겠어." 내가 말했다. "하지만 어쨌건 그들은 우리 말을 할 수 있었어. 찰리 말로는 아마 우리도 예전에는 호랑이였는데, 우리는 변했고 그들은 변하지 않은 거래. 잘은 모르겠지만 재미있는 생각이긴 해."

"난 그들의 목소리를 들어본 적이 없어." 폴린이 말했다. "난 그때 어린애였고 또 그땐 호랑이들이 몇 마리 없었으니까. 그마저도 죄다 늙어서 언덕 밖으로 잘 나오질 않았어. 너무 늙어서 위험할 것도 없었고, 또 언제나 쫓기고 있었지.

사람들이 마지막 호랑이를 죽였을 때 나는 여섯 살이었어. 사냥꾼들이 호랑이를 아이디아뜨로 끌고 온 게 기억나. 수백 명의 사람들이 사냥꾼들을 따라왔지. 사냥꾼들은 자기들이 그 호랑이를 언덕 숲에서 죽였다고, 그게 마지막 호랑이라고 말했어.

사냥꾼들이 호랑이를 아이디아뜨로 끌고 왔고, 모두 사냥꾼들을 따라왔어. 사람들은 호랑이를 장작으로 뒤덮고 장작 위에 워터멜론 송어 기름을 흠뻑 부었지. 몇 리터인지도 모를 기름을. 사람들이 장작더미에 꽃을 던지고 죽 둘러서서 울던 게 생각나. 마지막 호랑이였거든.

찰리가 성냥을 꺼내 불을 붙였어. 장작더미는 커다란 오렌지색 불길을 뿜으며 몇 시간이나 탔고, 검은 연기가 하늘로 치솟아 올랐어.

호랑이는 재밖에 남지 않을 때까지 탔고, 사람들은 곧바로 그 자리에 아이디아뜨의 송어 부화장을 짓기 시작했어. 호랑이를 불태운 바로 그 자리에 말이야. 지금 저기서 춤을 출 땐 생각조차 하기 어렵지만 말이야. 너도 이 모든 걸 기억하고 있겠지. 너도 거기 있었으니까. 그때 찰리 옆에 서 있었지?"

"맞아." 내가 말했다. "호랑이들은 아름다운 목소리를 갖고 있었지."

"난 들어본 적이 없어." 그녀가 말했다.

"잘된 일일지도 몰라." 내가 말했다.

"네가 맞을 수도 있겠다." 폴린이 말했다. "호랑이들은……."

그러고서 그녀는 내 팔에 안긴 채 잠이 들었다. 그녀의 잠은 내 팔, 그리고 그다음엔 내 몸과 하나가 되려고 했지만, 나는 그러도록 두지 않았다. 내가 갑자기 몹시 뒤척거렸기 때문이다.

나는 일어나 겉옷을 입고, 밤이면 그러하듯 긴 산책을 하러 나섰다.

산수

밤은 차가웠고 별은 붉었다. 나는 걸어서 워터멜론 공장 근처로 내려갔다. 우리가 워터멜론을 슈거로 만드는 곳이었다. 우리는 워터멜론에서 즙을 짜내 슈거밖에 남지 않을 때까지 불에 졸이고, 그다음엔 슈거로 우리가 갖고 있는 물건을 만드는 것이다. 즉, 우리의 삶을.

나는 강변의 긴 의자에 앉았다. 폴린이 나로 하여금 호랑이들을 생각하게 한 것이다. 나는 거기 앉아 호랑이들에 대해 생각했다. 그들이 내 부모를 어떻게 죽이고 먹어치웠는지.

우리는 강변의 한 오두막에서 함께 살았다. 나의 아버지는 워터멜론을 키웠고 어머니는 빵을 구웠다. 나는 학교에 다녔다. 아홉 살이었고 산수 때문에 애를 먹고 있었다.

어느 날 아침, 우리가 아침 식사를 하고 있을 때 호랑이들이들이닥쳤고, 아버지가 미처 무기를 잡기도 전에 그들이 아버지와 어머니를 죽였다. 나의 부모는 죽기 전에 뭐라고 말할 틈조차 없었다. 그때 나는 죽을 떠먹던 숟가락을 아직도 들고 있었다.

"겁내지 마." 호랑이 중 하나가 말했다. "우린 널 해치지 않을 거다. 아이들은 해치지 않거든. 그냥 거기 앉아 있어. 우리가 이야기를 하나 해줄게."

호랑이 중 하나가 어머니를 먹기 시작했다. 그는 어머니의 한쪽 팔을 물어뜯어 씹어 먹었다.

"넌 어떤 이야기를 좋아하니? 내가 토끼에 관한 재미있는 이야기를 하나 알고 있는데."

"난 이야기 듣고 싶지 않아요." 내가 말했다.

"그래." 호랑이가 말했다. 그러고는 아버지를 한입 먹었다.

나는 숟가락을 손에 든 채 오랫동안 그대로 거기 앉아 있었다. 이윽고 나는 숟가락을 내려놓았다.

"내 가족이에요." 마침내, 내가 말했다.

"미안하다. 정말로 미안해." 호랑이 중 하나가 말했다.

"그래." 다른 호랑이가 말했다. "이럴 필요가 없었다면 이러지 않았을 거야. 이렇게 하지 않아도 됐다면 말이다. 하지만 이게 우리가 계속 살아 있을 수 있는 유일한 길이야."

"우리도 너희랑 똑같아. 너희와 똑같은 말을 하고 똑같은 생각을 하지. 하지만 우린 호랑이야."

"그럼 내 산수를 도와줄 수 있겠군요." 내가 말했다.

"뭐라고?" 호랑이 중 하나가 말했다.

"산수."

"아, 산수."

"그래요."

"뭘 알고 싶은데?" 한 호랑이가 말했다.

"9 곱하기 9는 뭐예요?"

"81." 한 호랑이가 말했다.

"8 곱하기 8은요?"

"56." 한 호랑이가 말했다.

나는 그들에게 여섯 개의 질문을 더 했다. 6 곱하기 6은, 7 곱하기 4는 따위의. 산수 때문에 무진 애를 먹고 있었기 때문이다. 마침내 호랑이들은 내 질문을 지겨워하기 시작했고, 내게 나가 있으라고 말했다.

"좋아요. 나갈게요." 내가 말했다.

"너무 멀리 가지 마라." 한 호랑이가 말했다. "누군가 여기 나타나서 우릴 죽이길 원치 않으니까."

"그래요."

두 호랑이는 다시 내 부모를 먹기 시작했다. 나는 밖으로 나가 강변에 앉았다.

"나는 고아다." 내가 말했다.

강에 송어 한 마리가 보였다. 그는 똑바로 나를 향해 헤엄쳐 오더니 강물이 끝나고 땅이 시작되는 곳에서 멈추었다. 그는 나를 빤히 바라보았다.

"네가 뭘 알아?" 송어에게 말했다.

내가 아이디아뜨에 살러 가기 전의 일이었다.

한 시간쯤 뒤에 호랑이들이 밖으로 나와 길게 뻗어 눕고는 하품을 했다.

"좋은 날이야." 한 호랑이가 말했다.

"맞아, 멋진 날이야." 다른 호랑이가 말했다.

"어쩔 수 없이 네 부모를 먹어야 했으니 몹시도 미안하구나. 이해해주렴. 우리 호랑이들이 나쁜 게 아니야. 이건 우리가 어쩔 수 없이 해야만 하는 일이야."

"그래요." 내가 말했다. "그리고 산수 문제를 도와줘서 고마워요."

"그런 건 아무것도 아니야."

호랑이들은 떠났다.

나는 아이디아뜨로 건너가 찰리에게 호랑이들이 내 부모를 먹어치웠다고 말했다.

"너무하구나." 찰리가 말했다.

"호랑이들은 아주 괜찮았어요. 그런데 왜 그들이 그런 짓을 해야 하나요?" 내가 말했다.

"그들도 어쩔 수 없는 거야." 찰리가 말했다. "나 역시 호랑이들을 좋아하지. 나는 호랑이들과 좋은 이야기를 많이 나누었어. 호랑이들은 아주 괜찮아. 여러 가지 문제에 있어서 말도 또렷하게 잘하지. 하지만 곧 그들을 없애야만 하겠구나."

"그들 중 하나가 내 산수 문제를 도와줬어요."

"그들은 대단히 도움이 되지. 하지만 그들은 위험해. 앞으로 어떻게 할 거니?" 찰리가 말했다.

"모르겠어요." 내가 말했다.

"여기 아이디아뜨에서 지내는 게 어떻겠니?" 찰리가 말했다.

"괜찮은 생각이네요." 내가 말했다.

"좋아. 그러면 그러기로 한 거다." 찰리가 말했다.

그날 밤 나는 돌아가 오두막에 불을 질렀다. 나는 아무것도 챙기지 않고서 아이디아뜨로 살러 갔다. 겨우 어제 일 같지만 이십 년 전의 일이다. 8 곱하기 8은 몇?

그녀는 그러했다

마침내 나는 호랑이들에 대한 생각을 멈추고 폴린의 오두막으로 되돌아가기 시작했다. 호랑이들에 대해서는 다른 날 생각하리라. 많은 날이 있을 테니.

나는 그 밤 폴린과 함께 있고 싶었다. 잠을 자는 중에도 내가 돌아오기를 기다리고 있을 그녀는 아름다울 것이었다. 그리고 그녀는 그러했다.

동트기 전 희뿌연 빛 속 양 한 마리*

동트기 전 희뿌연 빛 속, 워터멜론 이불을 덮은 폴린이 이야기하기 시작했다. 그녀는 산책 나가는 한 마리 양에 관한 짧은 이야기를 했다.

"양이 꽃밭에 앉았어."

그녀가 말했다.

"양은 아무렇지도 않았어."

그게 이야기의 끝이었다.

폴린은 자주 자면서 이야기를 한다.

지난주에 그녀는 짧은 노래를 불렀다. 어떤 노래였는지는 잊어버렸다.

* A lamb at false dawn, 동이 튼 줄 알고 나섰으나 여명 전 드리운 희뿌연 빛에 속은 양을 가리키는 말로 헛된 기대를 뜻한다.

나는 그녀의 가슴에 손을 얹었다. 잠에 든 그녀가 움찔했다. 나는 그녀의 가슴에서 손을 뗐다. 그녀는 다시 고요해졌다.

침대에 누운 그녀는 기분이 매우 좋았다. 그녀의 몸에서 졸리운 듯한 향긋한 냄새가 올라왔다. 아마도 거기가 양이 앉았던 자리인지도 모른다.

워터멜론 태양

나는 폴린이 깨기 전에 일어나 겉옷을 입었다. 잿빛 햇살이 창문을 통해 비쳐 들어와 바닥에 가만히 누웠다. 나는 그쪽으로 건너가 한 발을 담갔다. 그러자 내 발이 잿빛이 되었다.

나는 창밖을 내다보았다. 들판과 소나무 숲, 시내를 가로질러 잊힌 작품까지. 모든 게 잿빛으로 물들어 있었다. 들판에서 풀을 뜯는 소 떼와 오두막집 지붕, 잊힌 작품의 커다란 더미가 티끌처럼 보였다. 대기 자체가 잿빛이었다.

이곳 태양엔 재미있는 점이 하나 있다. 태양이 날마다 다른 색깔로 빛난다는 것이다. 왜 그런지는 아무도 모른다. 찰리마저도. 우리는 서로 다른 색깔의 워터멜론을 한껏 잘 키운다.

그건 이렇게 이루어진다. 회색 날에 딴 회색 워터멜론에서 씨를 모아 회색 요일에 심으면 회색 워터멜론이 더 많이 만들어지는 거다.

대단히 간단한 일이다. 요일과 워터멜론의 색깔은 이렇다.

월요일 : 붉은색 워터멜론.

화요일 : 황금색 워터멜론.

수요일 : 회색 워터멜론.

목요일 : 검은색의 소리 없는 워터멜론.

금요일 : 하얀색 워터멜론.

토요일 : 푸른색 워터멜론.

일요일 : 갈색 워터멜론.

오늘은 회색 워터멜론의 날이 될 것이다. 나는 내일을 가장 좋아한다. 검은색의 소리 없는 워터멜론의 날을. 그런 워터멜론은 자를 때 아무 소리도 나지 않고 맛도 아주 달다.

검은색 워터멜론은 소리 내지 않는 물건을 만드는 데 안성맞춤이다. 검은색의 소리 없는 워터멜론으로 시계를 만들던 남자가 하나 있었는데, 그가 만든 시계는 소리를 내지 않던 게 기억난다.

그 남자는 그런 시계를 여섯 개인가 일곱 개를 만들고서 죽었다.

시계 중 하나는 그의 묘지 위에 걸려 있다. 사과나무 가지에 매달려 있는데, 바람이 강을 따라 불면 흔들거린다. 물론 그 시계는 더는 시간이 맞지 않는다.

내가 신발을 신는데 폴린이 깨어났다.

"안녕." 눈을 비비며 그녀가 말했다. "일어났구나. 지금 몇 시야?"

"여섯 시쯤 됐어."

"오늘 아이디아뜨에서 아침 식사 요리를 해야 하는데." 그녀가 말했다. "이리 와서 내게 키스해줘. 그러고 나서 아침 식사로 뭘 먹으면 좋겠는지 얘기해줘."

손

우리는 다시 아이디아뜨를 향해 걸었다. 손을 잡고서. 손이란 아주 좋은 것이다. 특히 사랑을 나누는 여행에서 돌아온 뒤의 손이란.

다시, 다시 마거릿

나는 아이디아뜨 부엌에 앉아, 폴린이 내가 가장 좋아하는 음식인 핫케이크를 만들기 위해 반죽하는 모습을 지켜보았다. 그녀는 아주 많은 밀가루와 달걀과 다른 좋은 재료를 커다랗고 푸른 사발에 집어넣고 커다란 나무 스푼으로 휘저었다. 손에 딱 잡히지 않을 정도로 커다란 나무 스푼이었다.

그녀는 정말로 아름다운 드레스를 입고 있었고, 머리는 잘 빗어 위로 묶어 올린 모습이었다. 아이디아뜨로 함께 걸어 내려올 때 잠시 멈춰 서서는 그녀 머리에 꽂을 꽃 몇 송이를 꺾어주었다.

야생 히아신스였다.

"마거릿이 오늘 여기 올까 모르겠다." 폴린이 말했다. "우리가 다시 서로 말을 하게 되면 좋겠는데."

"걱정하지 마." 내가 말했다. "다 잘될 거야."

"그냥 뭐랄까, 마거릿과 난 아주 좋은 친구 사이였으니까. 난 전에도 늘 너를 좋아했지만 우리가 친구 이상의 관계가 될 줄은 결코 몰랐어.

너하고 마거릿은 오랜 세월 동안 아주 가까웠잖아. 일이 다 잘 풀려서, 마거릿이 새로운 사람을 찾고, 그래서 나와 다시 친구가 되면 좋겠어."

"걱정하지 마."

프레드가 부엌으로 들어와 "으음, 핫케이크"라고 말을 하고는 나가버렸다.

딸기

찰리가 혼자서 핫케이크를 열두 장쯤 먹었다. 나는 그가 핫케이크를 그렇게 많이 먹는 것을 처음 보았다. 심지어 프레드는 찰리보다 몇 장 더 먹었다.

정말 대단한 광경이었다.

식탁에는 베이컨으로 꽉 찬 커다란 접시와 많은 양의 우유, 커다란 주전자에 담긴 진한 커피가 있었다. 그리고 갓 딴 딸기 한 대접도 있었다.

딸기는 아침 식사 전, 시내에서 온 소녀가 이곳에 들러서 주고 간 것이었다. 예의 바른 소녀였다.

"고마워. 아주 예쁜 옷을 입었구나. 네가 만들었니? 이렇게 예쁜 걸로 보아 분명 네가 만들었을 거야." 폴린이 말했다.

"감사해요." 얼굴을 붉히며 소녀가 말했다. "아침 식사 때 드시라고 딸기를 좀 갖다드리고 싶었어요. 그래서 아침 일찍 일어나서 강가에 내려가 딸기를 따 왔어요."

폴린이 딸기를 하나 집어 먹고 내게 한 알 건네주었다.

"아주 좋은 딸기로구나." 폴린이 말했다. "딸기를 따기에 아주 좋은 곳을 알고 있는 게 분명해. 거기가 어딘지 내게도 알려주어야 한다."

"야구장 옆 스웨덴순무 동상 바로 근방이에요. 그 이상한 초록색 다리가 있는 곳 아래 말이에요." 소녀가 말했다.

소녀는 열네 살쯤 되었는데, 자기가 딴 딸기가 아이디아뜨에서 매우 인기 있다는 것에 몹시 즐거워했다.

딸기는 아침 식사 때 모두 동이 났다. 그리고 다시 핫케이크로 돌아오자면 "이건 정말로 근사한 핫케이크야" 하고 찰리가 말했다.

"좀 더 드시겠어요?" 폴린이 말했다.

"반죽이 더 있다면 한 장 더 먹어도 좋겠어."

"반죽은 많아요." 폴린이 말했다. "당신은 어때요, 프레드?"

"나도 한 장만 더."

학교 선생

아침 식사 후 폴린이 접시를 닦고 있을 때 나는 그녀에게 키스한 다음 프레드와 함께 워터멜론 공장으로 걸어 내려갔다. 그가 합판 압착기 근처에서 보여주고 싶다고 했던 것을 보기 위해서였다.

우리는 오랫동안 느긋하게 걸었다. 회색 태양의 아침을 헤치며. 비가 올 것처럼 보이지만 비는 오지 않을 것이다. 올해의 첫 비는 10월 12일이 되어서야 내릴 것이다.

"마거릿은 오늘 아침 오지 않았지." 프레드가 말했다.

"맞아요. 안 왔죠." 내가 말했다.

우리는 걸음을 멈추고, 학생들을 데리고 숲속으로 산책 가고 있는 학교 선생과 얘기를 나누었다. 우리가 그와 이야기하는 동안 아이들은 모두 가까운 풀밭에 자리를 잡고, 동그라미 모양으로 자라나는 버섯이나 데이지 꽃처럼 함께 둘러 모여 앉아 있었다.

"그래. 책은 어떻게 되어가지?" 선생이 말했다.

"잘되고 있어요." 내가 말했다.

"난 그 책이 몹시 궁금해." 선생이 말했다. "자넨 언제나 글을 잘 썼지. 자네가 육 학년 때 날씨에 대해 쓴 수필을 아직 기억하고 있어. 정말 멋졌어.

겨울 구름에 대한 묘사는 아주 정확했고 동시에 매우 감동적이었지. 시적인 소재도 분명 있었고. 난 자네 책에 관심이 많아. 무엇에 관한 건지 힌트라도 주지 않겠나?"

그러는 동안 프레드는 아주 따분해진 모양이었다. 그는 아이들이 있는 곳으로 가 앉았다. 그리고 한 사내아이에게 무어라 얘기하기 시작했다.

"날씨에 대해 쓴 수필을 늘린 건가, 아니면 뭔가 다른 것에 관한 건가?"

사내아이는 프레드의 이야기에 아주 관심이 있었다. 다른 아이 몇 명이 그들에게 가까이 다가왔다.

"아, 그냥 잘되어가고 있어요." 내가 말했다. "얘기하기 아주 어려워요. 하지만 다 끝나면 제일 먼저 제 책을 보게 될 사람 중에 선생님 자리도 있을 거예요."

"난 언제나 작가로서의 자네에게 믿음을 갖고 있었지." 학교 선생이 말했다. "나도 내 책을 하나 쓸 생각을 오래 품어왔어. 하지만 가르치는 일이 내 시간을 너무 많이 잡아먹어."

프레드가 자기 주머니에서 뭔가를 꺼냈다. 그는 그것을 사내아이에게 보여주었다. 사내아이는 그것을 한 번 보고는 다른 아이들에게 넘겨주었다.

"그래. 나는 가르치는 일에 대해 책을 하나 써야겠다고 생각했지만, 가르치느라 너무 바빠서 쓸 수 없었어. 하지만 내가 가르친 학생이 내가 하지 못한 일을 위해 영광스러운 깃발을 들고 나섰다니, 내겐 몹시 고무적인 일이야. 잘되길 바란다."

"고맙습니다."

프레드는 그 물건을 도로 주머니에 집어넣었다. 학교 선생은 모든 학생을 다시 일으켜 세웠고, 숲을 향해 떠났다.

그는 학생들에게 뭔가 아주 중요한 것에 대해서 얘기하고 있었다. 그가 돌아서서 나를 가리키고 그다음엔 머리 위로 낮게 떠가는 구름을 가리켰으므로 그가 무엇을 말하는지 알 수 있었다.

합판 압착기 아래

워터멜론 공장이 가까워지자, 커다란 통에서 끓고 있는 달콤한 슈거 냄새가 허공을 가득 채웠다. 가로로 층층이 쌓인 슈거, 세로로 서 있는 슈거, 그 밖에 온갖 모양을 한 슈거가 태양 아래서 굳어가고 있었다. 붉은색 슈거, 황금색 슈거, 회색 슈거, 검은색의 소리 없는 슈거, 하얀색 슈거, 푸른색 슈거, 갈색 슈거.

"슈거가 정말 좋아 보이는데." 프레드가 말했다.

"그러게나 말이야."

나는 에드와 마크에게 손을 흔들어 인사했다. 그들의 일은 새들이 슈거에 가까이 오지 못하게 하는 것이다. 그들도 내게 손을 흔들어 답했고, 그런 다음 그들 중 하나가 새 한 마리를 뒤쫓기 시작했다.

워터멜론 공장에서 일하는 사람은 열두 명쯤이다. 우리는 안으로 들어갔다. 두 개의 커다란 통 아래 큰 불이 타고 있었고, 피터가 나무를 집어넣고 있었다. 더워서 땀을 흘리는 것처럼 보였지만 그건 그냥 타고난 체질이었다.

“슈거는 어때요?” 내가 말했다.

“좋아.” 피터가 말했다. “많이 나오고 있어. 아이디아뜨는 어때?”

“좋아요.” 내가 말했다.

“자네와 폴린에 관한 얘긴 뭐야?”

“가십일 뿐이에요.” 내가 말했다.

나는 피터를 좋아한다. 우리는 오랜 세월 동안 친구였다. 내가 아이였을 때 나는 워터멜론 공장으로 내려와 그가 불에 나무 집어넣는 일을 도와주곤 했다.

“보나 마나 마거릿이 미쳐버렸겠군.” 피터가 말했다. “듣자하니 마거릿이 정말로 자넬 애타게 그리워하고 있다던데. 그녀의 오빠가 하는 말을 들었어. 그녀는 애가 타 야위어가고 있다고.”

“난 잘 몰라요.” 내가 말했다.

“여긴 뭐 하러 내려왔지?” 그가 말했다.

“아궁이에 나무나 하나 던져 넣으려고 왔죠.” 내가 말했다.

그러고는 손을 뻗어 커다란 소나무 가지 하나를 집어 통 아래 아궁이에 집어넣었다.

"옛날에 그랬던 것처럼 말이지." 피터가 말했다.

감독이 사무실에서 나와 우리와 자리를 함께했다. 그는 약간 피곤해 보였다.

"안녕하세요, 에드거." 내가 말했다.

"안녕, 잘 지내? 좋은 아침이야, 프레드." 에드거가 말했다.

"안녕하세요. 감독님."

"무슨 바람이 불어 여기 내려왔지?" 에드거가 말했다.

"프레드가 보여줄 게 있다고 해서요."

"뭔데 프레드?" 에드거가 말했다.

"저만 아는 겁니다, 감독님."

"오, 그래, 그럼 보여주게."

"그럴 거예요."

"자네가 이 아래 와 있는 걸 보면 언제나 기분이 좋아." 에드거가 내게 말했다.

"좀 피곤해 보이시는군요." 내가 말했다.

"맞아. 지난밤 늦게까지 자질 못했거든."

"오늘 밤엔 좀 푹 주무시죠." 내가 말했다.

"그럴 작정이야. 일이 끝나자마자 집으로 돌아가 잠자리에 들려고 해. 저녁 식사고 뭐고 대충 간단하게 때울 거야."

"그래요, 그게 좋을 거예요." 프레드가 말했다.

"난 사무실로 돌아가야겠어. 해야 할 서류 작업이 좀 있거든. 나중에 보자고." 에드거가 말했다.

"그래요. 잘 가요, 에드거."

감독은 자기 사무실로 돌아갔다. 나는 프레드와 함께 합판 압착기가 있는 곳으로 갔다. 그곳에서 우리는 워터멜론 합판을 만든다. 오늘은 황금색 합판을 만드는 날이다.

프레드는 감독 대리를 맡고 있는데 나머지 작업조가 벌써 나와 합판을 만들어내고 있었다.

"좋은 아침." 사람들이 말했다.

"좋은 아침." 프레드가 말했다. "이 일은 여기서 잠깐 중단하기로 하지."

작업조 중 하나가 스위치를 껐다. 프레드는 내게 아주 가까이 오라고 한 뒤, 몸을 굽혀 양손과 무릎으로 압착기 밑으로 기어가라고 했다. 이윽고 우리는 아주 어두운 곳에 다다랐고, 프레드는 성냥불을 켠 다음 꼭대기에 거꾸로 매달려 있는 박쥐를 보여주었다.

"저걸 어떻게 생각해?" 프레드가 말했다.

"그러게." 박쥐를 응시하며 내가 말했다.

"며칠 전에 내가 발견했어. 완전 끝내주게 생겼지?" 그가 말했다.

"일등감이로군." 내가 말했다.

점심 전까지

프레드의 박쥐에 감탄하다가 압착기 밑에서 기어 나온 뒤, 그에게 내 오두막으로 올라가 해야 할 일이 있다고 말했다. 꽃을 심는 등의 일이었다.

"아이디아뜨에서 점심 식사를 할 건가?" 프레드가 말했다.

"아니, 나중에 시내 카페에서 간단하게 때우려고. 이따 거기서 함께 식사하는 게 어때, 프레드?"

"좋아. 오늘 메뉴는 프랑크푸르트 소시지와 양배추 절임일걸." 프레드가 말했다.

"그건 어제 메뉴예요." 작업조 중 하나가 나서서 말했다.

"맞다." 프레드가 말했다. "오늘은 미트로프*지. 미트로프 괜

* meat loaf, 곱게 다진 고기와 양파 등을 섞어 빵 모양으로 만든 뒤 구운 요리.

잖아?"

"좋지. 그럼 점심때 보자구. 12시쯤." 내가 말했다.

워터멜론 슈거로 만들어진 커다란 황금색 합판이 체인을 따라 내려오고 있었다. 나는 압착기 작업 감독을 맡은 프레드를 떠났다. 워터멜론 공장은 들끓으며 말라가고 있었다. 회색빛 태양 속에서 달콤하고 부드럽게.

그리고 에드와 마이크는 새를 쫓고 있었다. 마이크는 참새 한 마리를 쫓으며 달리고 있었다.

무덤

오두막으로 돌아가는 길, 나는 사람들이 새 무덤을 집어넣고 있는 강으로 내려가 무덤을 집어넣을 때면 언제나 굉장한 호기심을 갖고 몰려드는 송어들을 보기로 마음먹었다.

나는 시내를 걸었다. 거리에 몇 사람 있을 뿐 시내는 조용했다. 나는 가방을 들고 어디론가 가고 있는 에드워즈 박사를 보았다. 그에게 손을 흔들어 인사했다.

그가 마주 손을 흔들었고, 아주 급한 일이 있다는 듯한 몸짓을 해 보였다. 아마도 시내의 누군가가 아픈 모양이었다. 나는 계속해서 그에게 손을 흔들었다.

늙은 사람 둘이 호텔 앞 현관 흔들의자에 앉아 있었다. 그들 중 하나는 몸을 흔들거리고 있었고 다른 한 명은 잠들어 있었다. 잠든 사람의 무릎에는 신문이 놓여 있었다.

빵집에서 빵 굽는 냄새가 났다. 잡화점 앞에 두 마리의 말이 매여 있었다. 나는 그중 하나가 아이디아뜨에서 온 말이라는 걸 알아보았다.

나는 시내에서 빠져나와 작은 워터멜론 밭 가장자리에 늘어선 몇 그루 나무를 지나쳤다. 나무에는 이끼가 붙어 자라고 있었다.

다람쥐 한 마리가 나뭇가지 위로 뛰어 올라갔다. 꼬리가 없는 다람쥐였다. 나는 그의 꼬리가 어떻게 된 걸까 생각했다. 그 다람쥐는 어디에선가 꼬리를 잃어버렸을 것이다.

나는 강가의 긴 의자에 앉았다. 긴 의자 옆에는 풀꽃 동상이 하나 있었다. 풀잎은 모두 구리로 만들어졌는데, 오랜 세월 내린 빗물에 의해 자연스러운 풀잎색으로 변해 있었다.

네댓 명의 남자가 무덤을 집어넣고 있었다. 무덤조 사람들이었다. 무덤이 강바닥으로 떨어지고 있었다. 이곳에서 우리는 죽은 사람을 그렇게 묻는다. 물론 호랑이들이 한창이던 시절에는 무덤을 훨씬 덜 이용했다.

그러나 이제 우리는 죽은 사람을 전부 유리 관에 넣어 강바닥 여기저기에 묻고 무덤 안에 도깨비불을 넣어둔다. 도깨비불이 밤에 빛을 내뿜어 다음 차례를 기대할 수 있도록.

나는 무덤이 들어오는 장면을 보기 위해 송어들이 모여 있는 것을 보았다. 멋있는 무지개 송어였다. 강 속 아주 작은 공간에 백 마리쯤 되는 송어가 모여 있었다. 그들은 이 일에 굉장한 호기심을 갖고 있었고, 이걸 보기 위해 모여든 것이다.

무덤조가 수직 통로를 집어넣고, 펌프를 떼어냈다. 이제 그들은 유리를 박아 넣는 작업을 하고 있었다. 곧 무덤이 완성되고, 필요한 순간 문이 열리면 누군가 그 안에 들어가 거기서 몇 세기를 지낼 것이다.

원로 송어

내가 오래전부터 알아온 송어 한 마리가 무덤을 넣는 과정을 지켜보고 있었다. 치어稚魚였을 때 아이디아뜨의 부화장에서 자란 송어였다. 내가 그걸 아는 이유는 그의 턱에 자그마한 아이디아뜨 방울이 묶여 있기 때문이다. 그는 나이가 무척 많고, 몸무게도 무척 많이 나갔는데, 지혜롭게 느릿느릿 움직였다.

이 원로 송어는 대개 거울 동상 부근 상류에서 시간을 보낸다. 나는 예전에 그곳에서 깊은 물속을 헤엄치는 이 송어를 지켜보면서 많은 시간을 보내곤 했다. 원로 송어는 특히 이 무덤에 호기심이 있어서 상류에서 내려온 것 같았다.

이상한 일이었다. 왜냐하면 원로 송어는 대개 무덤 넣는 일에 별 관심을 보이지 않기 때문이다. 아마 전에 너무 많이 보았기 때문일 거라고 짐작한다.

언젠가 사람들이 거울 동상 조금 아래쪽에 무덤을 넣을 때가 생각난다. 그때 그 무덤이 아주 무거워서 집어넣는 데 며칠이 걸렸는데도 원로 송어는 옴짝달싹도 하지 않았다.

그때 그 무덤은 완성되기 직전에 무너져버렸다. 찰리가 내려왔다가 서글프게 고개를 가로저었고, 무덤은 처음부터 다시 만들어야만 했다.

그런데 지금 원로 송어는 무덤을 넣는 모습을 아주 열심히 바라보고 있었다. 그는 수직 통로에서 3미터 떨어진 강바닥 몇 센티미터 위에서 움직이고 있었다. 나는 물가로 내려가 쭈그려 앉았다. 원로 송어는 내가 아주 가까이 나타났음에도 놀라지 않았다. 원로 송어는 나를 넘어다보았다.

나는 그가 나를 알아보았다고 믿는다. 나를 이삼 분 정도 빤히 바라보았기 때문이다. 이윽고 송어는 뒤로 돌아서 무덤이 들어가고, 마지막 집어넣기 작업이 진행되는 과정을 지켜보기 시작했다.

나는 그곳 강변에서 잠시 머물렀다. 내가 오두막으로 가려고 자리를 떠나려 들자 원로 송어는 돌아서 나를 빤히 바라보았다. 내 생각에 그는 내가 시야에서 사라질 때까지 계속 나를 응시했을 것이다.

인보일

2

아홉 가지 물건

오두막에 다시 돌아오니 좋았다. 그런데 문에 마거릿이 쓴 쪽지가 붙어 있었다. 나는 쪽지를 읽어보았다. 즐겁지 않았다. 나는 쪽지를 던져버렸다. 시간마저도 그것을 다시 찾아낼 수 없도록.

나는 테이블에 앉아 창밖을, 저 아래 아이디아뜨를 내다보았다. 펜과 잉크를 갖고 몇 가지 할 일이 있었다. 나는 그것들을 재빨리, 실수하지 않고 해치웠다. 아래 지붕널 공장에서 빌이 만드는 향긋한 목판 위에 워터멜론 씨앗으로 만든 잉크로 몇 가지 쓴 다음 치워버렸다.

그런 뒤 감자 동상에 나가 꽃을 좀 심어야겠다는 생각을 했다. 2미터 높이의 감자 동상 주위에 꽃을 빙 둘러 심으면 멋있어 보일 것이다.

나는 내 물건을 넣어두는 농이 있는 곳으로 가 몇 가지 씨앗을 꺼내다가 물건이 조금씩 제자리에서 벗어나 있는 것을 발견했다. 그래서 씨앗을 심기 전에 정리해두었다.

나는 대략 아홉 가지 물건을 갖고 있다. 어린아이의 공(어떤 아이인지 기억할 수 없다), 구 년 전에 프레드에게서 받은 생일 선물, 날씨에 관한 나의 수필, 몇 개의 숫자(1~24), 여분의 겉옷 한 벌, 푸른 금속 조각 하나, 잊힌 작품에서 가져온 어떤 것, 세정이 필요한 머리칼 한 뭉치.

씨앗은 밖에 놔두었다. 감자 동상 주변 땅에 심을 작정이었기 때문이다.

나는 아이디아뜨에 있는 내 방에 다른 몇 가지 물건을 보관하고 있다. 나는 송어 부화장 근처에 근사한 방을 하나 갖고 있다.

나는 밖으로 나가 감자 동상 주변에 씨앗을 심으며, 대체 누가 식물을 그렇게나 좋아했을지, 그들은 어디에, 어떤 강 아래 묻혔을지 생각했다. 아니면 오래전 호랑이가 그들을 잡아먹었을까? 그 아름다운 목소리로 이렇게 말하면서.

"난 너희의 식물 동상이 아주 마음에 들어. 특히 야구장 근처의 그 스웨덴순무 동상이. 하지만, 아 어쩌랴……."

다시, 다시, 다시 마거릿

나는 다리를 왔다 갔다 하면서 반 시간가량을 보냈지만, 마거릿이 언제나 밟는 그 널빤지, 그녀가 놓칠 리 없는 그 널빤지를 찾지는 못했다. 세상의 모든 다리를 한데 모아 한 개의 다리로 만든다 할지라도 마거릿은 그 널빤지를 밟을 것이다.

낮잠

갑자기 나는 몹시 피곤했다. 나는 점심 식사 전에 낮잠을 자기로 마음먹고, 오두막 안으로 들어가 침대에 누웠다. 나는 천장을, 워터멜론 슈거로 만들어진 대들보를 올려다보았다. 대들보의 결을 응시하다가 곧 빠르게 잠이 들었다.

나는 두 가지 짧은 꿈을 꾸었다. 그중 하나는 나방에 관한 꿈이었다. 나방 한 마리가 사과에 반듯이 올라타 있었다.

그다음에 나는 긴 꿈을 꾸었다. 어김없이 인보일과 그 일당의 역사, 그리고 불과 몇 달 전 벌어진 끔찍한 일에 대한 꿈이었다.

위스키

인보일과 그 일당은 잊힌 작품 근처, 구멍 난 지붕의 더러운 오두막이 자그만 무리를 이룬 곳에서 살았다. 그들은 죽을 때까지 거기서 살았다. 스무 명 정도였다. 다들 인보일처럼 나쁜 사람이었다.

맨 처음 거기서 산 사람은 인보일뿐이었다. 그는 어느 날 밤 찰리와 큰 싸움을 벌였고, 찰리에게 지옥에나 가라고 말하고는 자신은 이제 아이디아뜨가 아닌 잊힌 작품 부근에서 살겠다고 말했다.

"아이디아뜨고 뭐고 지옥에나 가라지."

그는 그렇게 말했고, 잊힌 작품 부근으로 가 직접 오두막 한 채를 지었다. 그리고 그곳을 들쑤셔 잊힌 물건을 찾아낸 다음 그것들로 위스키를 만들며 시간을 보냈다.

이후 몇 명이 그곳으로 가 그와 한패가 되었고, 때때로 혹은 어쩌다 한 번씩 새로운 사람이 가담했다. 누가 그렇게 될지는 언제든 알 수 있었다.

그런 사람들은 인보일 일당에 가담하기 전에도 언제나 불행했고, 신경질적이었고, 잘 속였고, '손버릇이 나빴고', 좋은 사람들이 이해하지 못하거나 이해하고 싶지 않은 것에 대해 떠들어댔다.

그들은 점점 더 신경질을 부리며 못된 사람이 되어갔고, 그러다가 마침내는 인보일 일당에 가담했다는 소식이 들렸다. 이후 그들은 잊힌 작품에서 그와 함께 일했고, 인보일이 잊힌 물건으로 만드는 위스키를 급료로 받았다.

다시 위스키

인보일은 쉰 살쯤 되었을 것이다. 그는 아이디아뜨에서 태어나 아이디아뜨에서 자랐다. 내가 아이였을 때 그의 무릎에 앉아, 그에게 얘기를 해달라고 한 것이 기억난다. 그는 아주 재미있는 이야기를 알고 있기도 했다……. 그리고 마거릿도 거기 있었다.

그 뒤 그는 못된 사람으로 변했다. 이 년 사이에 그렇게 되었다. 그는 전혀 중요하지 않은 일에도 계속 화를 냈고 아이디아뜨 송어 부화장에 혼자 있곤 했다.

그는 잊힌 작품에서 많은 시간을 보내기 시작했다. 찰리가 그에게 무얼 하느냐고 물으면 "아, 아무것도 아니야, 그냥 혼자 떨어져 있는 거야" 하고 말했다.

"거길 들쑤셔서 무슨 물건을 찾는 거냐?"

"아, 아무것도 아니야." 인보일은 거짓말을 했다.

그는 사람들과 아주 멀어져갔고, 그의 말은 이상하고 알아듣기 어렵게 빨라졌고, 몸의 움직임이 꿈틀꿈틀 경련하는 것 같았고, 성질이 나빠졌다. 그리고 밤에 송어 부화장에서 많은 시간을 보냈는데, 때때로 커다랗게 웃어 젖혔고, 그래서 이제는 그의 것이 되어버린 커다란 웃음소리가 방과 복도를 뚫고 울렸다. 우리가 그리도 좋아하고, 우리에게 꼭 맞는, 형용할 수 없는 변화 방식을 가진 아이디아뜨의 변화 안에서.

큰 싸움

인보일과 찰리 사이의 큰 싸움은 어느 날 밤 저녁 식사 때 일어났다. 프레드가 내게 으깬 감자를 넘겨줄 때 그 일이 벌어졌다.

그건 몇 주일 동안 쌓여온 싸움이었다. 그동안 인보일의 웃음소리는 점점 더 커져 급기야는 사람들이 밤에 잠을 이룰 수가 없을 정도가 되었다.

인보일은 항상 취해 있었고, 그는 무엇에 대해서도 누구의 말도 들으려 하지 않았다. 찰리의 말까지도. 찰리의 말도 들으려고 하지 않은 것이다. 그는 찰리에게 가서 할 일이나 하라고 말했다. "네 할 일이나 해"라고.

어느 날 오후, 어린아이였던 폴린이 욕조에서 정신이 나간 상태로 추잡한 노래를 불러대는 인보일을 발견했다. 폴린은 깜짝 놀랐다. 인보일은 자기가 잊힌 작품에서 증류해낸 그 물건을 한 병 마신 것이었다. 그에게서는 지독한 냄새가 났고, 그를 욕조에서 끌어내 침대로 데리고 가는 데 세 사람이나 필요했다.

"자, 여기 으깬 감자." 프레드가 말했다.

내가 막 으깬 감자를 한 순갈 듬뿍 떠서 내 접시에 얹었을 때, 자기 앞에 놓인 프라이드 치킨이 차갑게 식어갈 때까지 입도 대지 않고 있던 인보일이 찰리 쪽으로 고개를 돌리고는 말했다.

"이곳이 뭐가 잘못되었는지 알아?"

"아니. 뭐가 잘못되었는데, 인보일? 넌 요즘 무슨 해답이든 알고 있는 것 같구나. 말해봐."

"그래, 말해주지. 이곳에서 썩은 냄새가 나. 여긴 절대 아이디아뜨가 아니야. 이건 당신의 상상이 꾸며낸 허구야. 여기 있는 너희 모두가 이 등신 같은 아이디아뜨에서 등신 같은 짓을 일삼는 한 무더기의 등신이란 말이야.

아이디아뜨라고? 하하. 웃기지 마. 이곳은 겉만 번지르르한 곳이야. 아이디아뜨가 벌떡 일어나 너희를 깨문다 할지라도 너희는 아이디아뜨를 모를 거야.

너희보다, 특히 자기가 뭐 대단한 줄 아는 여기 이 찰리보다 내가 아이디아뜨를 더 많이 알아. 너희가 아는 걸 다 합쳐도 아이디아뜨에 대해 내가 아는 게 훨씬 많아.

너희는 이곳이 어떻게 되어가고 있는지 조금도 알지 못해. 난 알지, 난 알아. 난 안다고. 아이디아뜨고 뭐고 지옥에나 가라지. 내가 아이디아뜨에 대해 얼마나 많이 잊어버렸는지 너희는 짐작조차 못 할 거야. 난 잊힌 작품에 내려가 살겠어. 이 빌어먹을 쥐구멍 같은 곳은 너희나 가져."

인보일은 일어나 자기 몫의 프라이드 치킨을 바닥에다 내동댕이치고는, 아주 고르지 않은 걸음걸이로 우당탕거리며 나가버렸다. 식탁에는 경악에 찬 침묵이 감돌았고, 한동안 누구도 아무런 말을 하지 못했다.

이윽고 프레드가 말했다. "기분 나빠하지 말아요, 찰리. 인보일은 내일이면 정신이 들 거고, 그러면 모든 게 달라질 거예요. 그는 또 술에 취한 것뿐이고, 정신이 들면 곧 나아질 거예요."

"아냐. 그는 영원히 가버린 것 같아." 찰리가 말했다. "모든 게 다 잘되면 좋겠군."

찰리는 아주 슬퍼 보였고, 우리 역시 그랬다. 인보일은 찰리의 동생이었기 때문이다. 우리는 각자의 음식을 바라보면서 모두 거기 그대로 앉아 있었다.

시간

인보일이 잊힌 작품에 내려가 사는 동안 그는 서서히 꼭 자기 같은 사람을 끌어모았다. 그들은 인보일이 하는 일을 믿었고 그처럼 행동했고 잊힌 작품을 들쑤시며 돌아다녔고 거기서 발견한 것으로 증류한 위스키를 마셨다.

이따금 그들은 무리 중 하나를 맑은 정신으로 만들어 시내로 보내 특별히 아름답거나 묘한 잊힌 물건, 혹은 책을 팔게 했다. 그때는 잊힌 작품 여기저기에 수백만 권의 책이 있었기 때문에 우리가 책을 땔감으로 사용했던 것이다.

그들은 잊힌 물건을 팔아 빵과 음식과 뭔지 모를 것을 얻었고, 그래서 들쑤셔 파내는 것과 마시는 것 외에는 아무것도 할 필요 없이 살아갔다.

마거릿은 아주 아름답게 자랐고 우리는 단짝이 되었다. 어느 날 마거릿이 내 오두막으로 건너왔다.

마거릿이 나타나기도 전에 나는 그게 그녀라는 걸 알 수 있었다. 그녀가 언제나 밟는 그 널빤지 소리를 들었기 때문이다. 나는 배가 간지러울 정도로 기분이 좋았다.

그녀가 문을 두드렸다.

“들어와, 마거릿.” 내가 말했다.

그녀는 들어와 내게 키스했다.

“오늘 뭐 해?” 그녀가 말했다.

“아이디아뜨로 내려가 동상 작업을 해야 해.”

“아직 그 종 작업을 하는 거야?” 그녀가 말했다.

“응.” 내가 말했다. “속도가 좀 더딘 편이야. 시간이 너무 오래 걸리고 있지. 끝나면 기분이 좋을 거야. 난 좀 지쳤어.”

“그다음엔 뭘 할 거야?” 그녀가 말했다.

“몰라. 뭐 하고 싶은 일 있어?”

“응.” 그녀가 말했다. “잊힌 작품에 내려가 여기저기 파보면 좋겠어.”

“또?” 내가 말했다. “넌 정말 그 아래서 많은 시간을 보내길 좋아하는구나.”

“묘한 곳이야.” 그녀가 말했다.

“그곳을 좋아하는 여자는 아마 너 하나뿐일 거야. 인보일과 그 일당 때문에 다른 여자들은 근처에도 가지 않는데 말이야."

"난 그 아래가 좋아. 인보일은 해로운 사람이 아니야. 그가 원하는 건 단지 취해 있는 것뿐이야."

"좋아." 내가 말했다. "별일도 아닌데. 그럼 나중에 아이디아뜨로 날 만나러 와. 동상 일을 조금 더 하고 함께 가기로 하지."

"지금 그리 내려갈 거야?" 그녀가 말했다.

"아니. 여기서 먼저 하고 싶은 일이 몇 가지 있어."

"도와줄까?" 그녀가 말했다.

"아니. 나 혼자 해야 하는 일이야."

"좋아. 그럼 이따 봐."

"키스해주고 가." 내가 말했다.

그녀가 내게 왔다. 나는 그녀를 품에 아주 꼭 끌어안고 입술에 키스했다. 그리고 그녀는 웃으면서 나갔다.

종

잠시 뒤 나는 아이디아뜨로 내려가 종 동상 작업을 했다. 일은 전혀 잘되지 않았고 결국 나는 거기 의자에 앉아서 그것을 노려보기만 했다.

손에 쥔 끌은 축 늘어져 있었다. 이윽고 나는 그것을 테이블에 내려놓고 멍하니 보자기로 덮었다.

프레드가 들어와 종 동상을 노려보고 있는 나를 보았다. 그는 아무 말도 하지 않고 나가버렸다. 동상은 종 같아 보이지도 않았다.

마침내 마거릿이 와 나를 구해주었다. 푸른 드레스를 입고 머리에 리본을 꽂은 그녀는 잊힌 작품에서 물건을 찾아내 담을 바구니를 하나 들고 있었다.

"어떻게 돼가?" 그녀가 말했다.

"끝났어." 내가 말했다.

"끝난 것 같아 보이지 않는데." 그녀가 말했다.

"끝났어." 내가 말했다.

폴린

아이디아뜨를 떠날 때 우리는 찰리를 보았다. 그는 거실 강가에 있는, 자기가 좋아하는 긴 의자에 앉아서 거기 모여든 송어들에게 빵 조각을 던져주고 있었다.

"어디 가니?" 그가 말했다.

"그냥 산책이요." 내가 뭐라고 하기도 전에 마거릿이 말했다.

"그래. 그럼 산책 잘 하렴." 그가 말했다. "좋은 날씨야. 그렇지 않니? 커다랗고 아름다운 푸른색 태양이 빛나고 있구나."

"정말 그래요." 내가 말했다.

폴린이 거실로 들어와 우리 쪽으로 건너온 다음 자리를 같이 했다.

"안녕." 그녀가 말했다.

"안녕."

"찰리. 저녁 식사로 뭘 하면 좋겠어요?" 그녀가 말했다.

"로스트비프." 찰리가 농담을 했다.

"그래요. 해드릴게요."

"깜짝 놀랄 일이군. 오늘이 내 생일인가?" 찰리가 말했다.

"아니에요. 너희는 잘 지내?" 그녀가 말했다.

"우린 좋아." 내가 말했다.

"우린 산책하러 나가는 길이야." 마거릿이 말했다.

"재미있겠다. 나중에 봐."

잊힌 작품

잊힌 작품이 얼마나 오래되었는지 아무도 모른다. 우리가 가볼 수 없는, 그리고 가보길 원치도 않는 먼 곳까지 뻗쳐 있기에.

잊힌 작품 아주 멀리까지 들어가본 사람은 한 명도 없다. 찰리가 말한, 그곳에 관한 책을 썼다는 그 사람 외에는. 그 사람의 고민거리는 무엇이었을까. 거기 들어가서 몇 주일을 보내다니.

잊힌 작품은 자꾸 자꾸 자꾸 자꾸 자꾸 자꾸 자꾸 자꾸 자꾸 이어질 뿐이다. 그러면 상상이 갈 것이다. 그곳은 크다. 우리보다 훨씬 크다.

마거릿과 나는 그곳으로 내려갔다. 손을 잡고서. 왜냐하면 우린 정식으로 사귀는 사이였으니까. 푸른색 요일의 태양을 지나, 머리 위로 하얗게 빛나는 구름이 떠다녔다.

우리는 많은 강을 건넜고 많은 물건을 지나쳐 걸었다. 이윽고 우리는 잊힌 작품 입구, 인보일 일당이 사는 구멍 난 지붕을 가진 오두막들의 지붕 위로 햇빛이 반사되는 것을 볼 수 있었다.

바로 거기에 정문이 있었다. 정문 옆에 어느 잊힌 물건의 동상이 있었다. 정문 위 간판에 이렇게 적혀 있었다.

여기는 잊힌 작품 입구입니다.

조심하십시오.

당신은 길을 잃을지도 모릅니다.

쓰레기들과의 대화

인보일이 나와 우리를 맞이했다. 그의 옷은 온통 구깃구깃하고 더러웠으며, 그 역시 마찬가지였다.

"안녕." 그가 말했다. "여기 또 내려왔네?"

나보다는 마거릿에게 말을 한 것이지만, 그 말을 할 때 그는 나를 바라보고 있었다. 인보일은 그런 사람이었다.

"그냥 들른 거예요." 내가 말했다.

그 말에 그는 웃었다. 다른 이들이 오두막에서 나와 우리를 빤히 바라보았다. 그들은 모두 인보일과 똑같아 보였다. 못된 짓을 하고 잊힌 물건으로 만든 위스키를 마시면서 스스로를 똑같이 엉망진창으로 만드는 사람들이었다.

그들 중 하나인, 누런 머리칼을 가진 작자가 정나미 떨어지는 물건 더미에 앉아 짐승처럼 우리를 노려보기만 했다.

"안녕하세요, 인보일." 마거릿이 말했다.

"안녕, 예쁜이."

그 말에 인보일네 쓰레기 중 하나가 웃음을 터뜨렸다. 내가 그들을 노려보자 그들은 입을 다물었다. 그들 중 하나는 손으로 입을 쓱 닦고서는 자기 오두막으로 들어갔다.

"좀 사근사근해지렴." 인보일이 말했다. "화내지 말라고."

"우린 그냥 잊힌 작품을 구경하러 내려온 거예요." 내가 말했다.

"그래. 마음껏 하렴." 인보일이 위로 높게 쌓인 잊힌 물건의 커다란 더미가 산처럼 변해 160만 킬로미터 넘게 이어져 있는 것을 손으로 가리키면서 말했다.

그 안에서

당신은 길을 잃을지도 모릅니다.

우리는 정문을 통해 잊힌 작품 안으로 들어갔다. 마거릿은 마음에 들 만한 물건을 찾아 쑤시고 다니기 시작했다.

잊힌 작품 안에는 초목 하나 자라지 않았고 짐승 한 마리 살고 있지 않았다. 그 안에는 풀잎조차 없었고 새들도 그 위를 날고자 하지 않았다.

나는 바퀴처럼 보이는 어떤 물건 위에 앉아, 마거릿이 지팡이처럼 보이는 잊힌 물건으로 빽빽한 더미를 이리저리 쑤시는 것을 바라보았다.

내 발치에 뭔가가 보였다. 사람의 엄지손가락 모양을 한 얼음 조각이었는데, 손가락에 혹이 달려 있었다.

그것은 곱사등이엄지였고 아주 차가웠지만, 내가 손에 쥐자 녹기 시작했다.

손톱이 녹아 없어졌다. 그러다가 나는 그것을 떨어뜨렸다. 그것은 내 발치에 놓여 있었다. 더는 녹지 않는 채로. 공기는 차갑지 않고 하늘의 태양은 뜨겁고 푸른색이었는데도.

"맘에 드는 걸 찾았어?" 내가 말했다.

잊힌 작품의 주인

인보일이 우리 사이에 끼어들었다. 그를 보는 게 아주 즐겁진 않았다. 그는 위스키를 한 병 들고 있었다. 코가 빨갰다.

“맘에 드는 걸 찾았어?” 인보일이 말했다.

“아뇨, 아직.” 마거릿이 말했다.

나는 인보일에게 더럽다는 눈길을 보냈지만, 그 눈길은 오리 등에서 떨어지는 물방울처럼 그에게서 굴러떨어져버렸다.

“난 오늘 정말로 재미있는 걸 발견했지.” 인보일이 말했다. “점심 먹으러 가기 직전에 말이야.”

점심!

“한 400미터쯤 들어간 곳에 가면 있어. 내가 어디인지 보여줄 수 있어.” 인보일이 말했다.

내가 싫다고 말하기도 전에 마거릿이 좋다고 말했다. 기분이 좋지는 않았지만 그녀가 벌써 그러겠노라 했고, 나는 인보일이 보는 앞에서 그녀와 소동을 벌이고 싶지 않았다. 그러면 그가 자기 일당에게 해줄 얘깃거리를 주게 되는 셈이고 그들 모두 그 얘기에 웃을 것이기 때문이다.

그러면 내 기분도 영 안 좋을 것이다.

그래서 우리는 그 술주정뱅이를 따라 들어갔다. 그는 400미터 정도에 지나지 않는다고 했지만, 들어갔다 나왔다 하면서 더미를 오르고 또 오르느라 1.5킬로미터는 걸은 것 같았다.

"좋은 날씨야, 그렇지?" 인보일은 숨을 가다듬기 위해 깡통같이 생긴 것이 잔뜩 쌓인 커다란 더미에서 걸음을 멈추고 말했다.

"그렇네요." 마거릿이 인보일에게 미소 짓고는 특별히 자기 마음에 드는 구름을 가리키면서 말했다.

정말 구역질 나는 장면이었다. 인보일에게 미소 짓는 격 있는 여성이라니. 이보다 더 기막힌 일이 있을까?

마침내 우리는 인보일이 그토록 대단하다고 생각하여 우리를 잊힌 작품 안으로 그토록 멀리까지 데리고 와 보여주려고 한 물건 더미에 다다랐다.

"정말 아름다워요." 마거릿이 미소 지으며 말했다.

그녀는 물건이 있는 곳으로 다가가 그것들을 바구니에 담기 시작했다. 그런 물건을 담으려고 가져온 바구니 안에.

나도 그 물건 더미를 쳐다보았지만 아무것도 찾을 수 없었다. 진실을 말하라고 한다면, 사실 좀 흉한 편이었다. 인보일은 꼭 자기 몸만 한 어떤 잊힌 물건에 몸을 기대고 있었다.

돌아오는 길

마거릿과 나는 오랫동안 조용히 걸어 아이디아뜨로 돌아왔다. 나는 그녀의 바구니를 대신 들어주겠다고 하지 않았다.

바구니는 무거웠고 그녀는 더워서 땀을 흘렸다. 그래서 그녀가 쉴 수 있도록 여러 번 멈춰야 했다.

우리는 어떤 다리 위에 앉았다. 먼 곳에서 모아온 돌을 순서에 맞게 놓아 만든 다리였다.

"뭐가 문제야?" 그녀가 말했다. "내가 뭘 어쨌다고 그래."

"아무 문제 없어. 넌 아무 짓도 하지 않았어."

"그럼 왜 나한테 화가 나 있지?"

"너한테 화난 게 아냐."

"아니야, 너 화났어."

"아니야, 그렇지 않아."

무언가 일어날 것이다

다음 달 그 일이 일어났다. 그런데 무슨 일이 닥칠지 아무도 알지 못했다. 인보일이 그런 생각을 하고 있을 줄 누가 상상이나 할 수 있었겠는가?

호랑이들, 그리고 그들이 우리에게 저지른 끔찍한 일을 극복하는 데 오랜 세월이 걸렸다. 대체 누가 다른 어떤 짓을 하고 싶어 하겠는가? 나는 모르겠다.

그 일이 일어나기 전 몇 주일 동안 아이디아뜨에서는 모든 일이 정상적으로 진행되었다. 나는 다른 동상 작업을 시작했고, 마거릿은 잊힌 작품에 내려가곤 했다.

동상 작업은 잘되지 않았고 나는 곧 아이디아뜨에서 동상을 응시하고만 있게 되었다. 그냥 잘되지 않았다. 그건 내게 전혀 새로울 게 없는 일이었다. 내 동상 작업에는 별다른 행운이 따르지 않았다. 나는 아래 워터멜론 공장에서 일자리나 하나 얻을까 생각했다.

이따금 마거릿은 혼자서 잊힌 작품에 내려갔다. 나는 걱정이 되었다. 그녀는 아주 예뻤고, 인보일과 그 일당은 아주 흉측했기 때문이다. 그들이 나쁜 마음을 품고 있을지도 몰랐다.

왜 그녀는 줄곧 거기에 가고 싶어 한 것일까?

소문

그달 말경, 잊힌 작품에서 이상한 소문이 올라오기 시작했다. 인보일이 아이디아뜨를 격하게 깔아뭉갤 것이라는 소문이었다.

소문의 내용은 인보일이 우리 방식의 아이디아뜨는 전부 틀려먹었다고 호통치고 격변을 토한다는 것이었다. 인보일 자신은 어떻게 해야 하는지 알고 있고, 우리가 송어 부화장을 운영하는 방식 역시 전부 틀려먹었다면서. 치욕적이었다.

인보일이 무어든 우리에 관해서 이야기하는 것을 상상해보라. 심지어는 우리가 겁쟁이라는 소문과 호랑이들에 대한 아무도 이해할 수 없는 소문도 퍼졌다.

호랑이들에 관한 소문은 훨씬 더했다.

어느 날 오후 나는 마거릿과 함께 잊힌 작품으로 내려갔다.

나는 거기 가고 싶지 않았지만, 마거릿이 혼자 내려가는 것도 원치 않았다.

그녀는 자신의 잊힌 물건 수집을 위해 더 많은 것을 얻고 싶어 했다. 이미 필요 이상으로 많은 것을 가졌는데도.

그녀는 자신의 오두막과 아이디아뜨에 있는 방을 그런 물건으로 가득 채워놓았다. 그녀는 심지어 그중 얼마간을 내 오두막에다 보관해두고 싶어 했다. 나는 싫다고 말했다.

나는 인보일에게 무슨 일이 있느냐고 물었다. 그는 평소처럼 취해 있었고, 일당 녀석들이 주위에 모여 있었다.

"너희는 아이디아뜨에 대해 아무것도 몰라. 내가 곧 너희에게 아이디아뜨에 관해 뭔가 보여주겠어. 진짜 아이디아뜨가 어떤 건지 말이야.

너희는 죄다 겁쟁이들이야. 오직 호랑이들만이 배짱을 갖고 있었지. 내가 너희에게 보여주겠어. 우리가 너희 모두에게 보여주겠어."

그의 마지막 말은 자기 일당을 향한 것이었다. 그들은 환호를 보냈고 위스키 병을 붉은 태양을 향해 높이 쳐들었다.

다시 돌아오는 길

"왜 여길 내려오는 거지?" 내가 말했다.

"난 단지 잊힌 물건이 좋은 것뿐이야. 난 그것들을 수집하고 있어. 소장하길 원하는 거야. 난 그 물건들이 예쁘다고 생각해. 그게 뭐가 잘못됐어?"

"그게 무슨 말이야. 뭐가 잘못됐느냐니? 그 술주정뱅이 녀석들이 우리에 대해 하는 얘기 못 들었어?"

"그게 잊힌 물건과 무슨 상관이야?" 그녀가 말했다.

"그들은 그 물건을 마시잖아." 내가 말했다.

그날 밤의 저녁 식사

그날 밤 아이디아뜨에서의 저녁 식사는 괴로웠다. 사람들은 각자의 음식을 갖고 장난치고 있었다. 앨이 당근 요리를 만들었다. 꿀과 양념을 섞은 괜찮은 요리였지만 아무도 관심이 없었다.

모두가 인보일 일로 걱정하고 있었다. 폴린은 음식에 손도 대지 않았다. 찰리도 마찬가지였다. 그런데 이상하게도 마거릿은 소처럼 먹었다.

긴 시간 침묵이 이어질 때 마침내 찰리가 말했다.

"무슨 일이 일어날지 모르겠군. 심각해 보여. 난 오래전부터 이런 일이 벌어질까 걱정해왔어. 인보일이 잊힌 작품에 빠져들어 위스키를 만들기 시작하고 사람들을 아래로 내려오게 해서 자기처럼 살게 한 이후부터 말이야. 뭔가 일어나리라는 걸 알고 있었어. 그건 오래전부터 일어나기로 되어 있던 거지. 그런데 그게 지금, 아니면 곧 일어날 것 같아. 어쩌면 내일. 누가 알겠어?"

"우린 어떻게 할 거죠?" 폴린이 말했다. "우린 어떻게 하면 될까요?"

"기다리는 것뿐이지." 찰리가 말했다. "그게 전부야. 그자들이 무슨 일을 저지르기 전까지 우린 그들을 위협하거나 우리 자신을 방어할 수 없어. 그리고 그들이 어떤 일을 벌일지 누가 알겠어. 그들이 우리에게 얘기해줄 것도 아니고.

어제 아침 내가 직접 거기 내려가 인보일에게 뭘 하는 거냐고 물었지. 그는 곧 알게 될 거라고 말했어. 우리가 가진 가짜가 아닌, 진짜 아이디아뜨가 어떤 건지 자기들이 보여주겠다더군.

마거릿. 넌 이 일에 대해 뭘 알고 있니? 넌 최근에 거기서 많은 시간을 보냈잖아."

모든 사람이 마거릿을 바라보았다.

"난 아무것도 몰라요. 난 그 아래서 잊힌 물건을 얻을 뿐이에요. 그들은 나한테 아무 얘기도 안 해요. 그들은 언제나 내게 아주 잘해줘요."

모두 마거릿에게서 눈길을 돌리지 않으려고 몹시 애썼지만 그들도 어쩔 수가 없는지 모두 눈길을 돌려버렸다.

"무슨 일이 일어나든 우린 수습할 수 있어." 프레드가 침묵을 깨고 말했다. "그 주정뱅이들이 무슨 짓을 하든 우린 수습할 수 있다고."

"그렇고 말고." 아주 늙긴 했지만 척 영감도 그렇게 말했다.

"맞아요." 폴린이 말했다. "우린 그들을 감당할 수 있어요. 우린 아이디아뜨에서 살잖아요."

마거릿은 곧바로 다시 당근 요리를 먹기 시작했다. 아무 일도 없었다는 듯.

다시 폴린

난 마거릿에게 몹시 화가 났다. 그녀는 내가 아이디아뜨에서 함께 자길 원했지만 나는 "아니, 난 내 오두막으로 올라가 혼자 있고 싶어"라고 말했다.

그녀는 그 말에 몹시 마음이 상해 송어 부화장으로 갔다. 나는 상관하지 않았다. 그녀가 식탁에서 한 짓은 정말이지 구역질이 났다.

아이디아뜨에서 나오는 길에 거실에서 폴린과 마주쳤다. 그녀는 거실 벽에 걸어놓을 그림을 들고 있었다.

"안녕." 내가 말했다. "그림이 참 아름답다. 네가 그린 거야?"

"응, 맞아."

"아주 멋있어 보이는걸."

그 그림은 아이디아뜨가 겪은 많은 변화 중 하나를 겪고 있는, 아주 오래전의 아이디아뜨를 그린 것이었다. 그림이 과거의 아이디아뜨를 보여주는 듯했다.

"그림 그리는 줄 몰랐어." 내가 말했다.

"그냥 시간이 날 때 그리는 거야."

"정말 멋진 그림이야."

"고마워."

폴린이 얼굴을 조금 붉혔다. 나는 그녀가 얼굴을 붉히는 걸 본 적이 없었다. 아니, 어쩌면 내가 기억하지 못하는 건지도 모르지만. 그녀와 잘 어울렸다.

"다 잘되겠지, 그렇지?" 화제를 바꾸며 그녀가 말했다.

"그럼." 내가 말했다. "걱정하지 마."

얼굴

나는 아이디아뜨를 나와 내 오두막으로 올라가기 시작했다. 갑자기 아주 추운 밤이었다. 별이 얼음처럼 빛났다. '매키노*를 가져왔더라면 좋았을걸' 하고 나는 생각했다. 길을 걸어 올라가자 다리 위 등불들이 보였다. 아름다운 어린아이 얼굴의 등불 하나, 진짜 다리에 있는 송어 모양 등불 하나, 그리고 버려진 다리에 있는 호랑이 모양 등불이었다.

나는 호랑이들에게 잡아먹힌, 그러나 그게 누구인지는 아무도 모르는 어떤 사람의 동상을 겨우 볼 수 있었다. 우리가 마지막 호랑이를 죽여 아이디아뜨에서 불태워버리고, 바로 그 자리에 송어 부화장을 짓기 전까지 너무도 많은 사람이 호랑

* mackinaw, 두꺼운 모직 반코트.

이들에게 죽임을 당했다.

그 동상은 다리 옆 강물에 서 있었다. 동상은 서글퍼 보였다. 마치 오래전 호랑이들에 의해 죽은 사람의 동상이 되길 원치 않는다는 듯.

나는 멀리서 멈춰 서서 바라보았다. 잠시 시간이 지난 뒤 다리로 갔다. 불을 밝히고 있는 얼굴 모양의 등불을 지나 진짜 다리의 어두운 터널을 통과한 다음 내 오두막을 향해 소나무 숲으로 올라갔다.

오두막

나는 나의 오두막으로 이어지는 다리 위에서 멈춰 섰다. 발밑의 감촉이 좋았다. 내가 좋아하는 모든 것, 내게 맞는 것으로 만들어진 다리였다. 나는 내 어머니 동상을 바라보았다. 그녀는 지금 밤을 배경으로 한 또 하나의 그림자에 지나지 않지만, 예전에는 좋은 여자였다.

나는 오두막으로 들어가 15센티미터 성냥으로 등에 불을 붙였다. 워터멜론 송어 기름은 아름다운 불빛을 내며 탔다. 좋은 기름이었다.

우리는 적당한 때에 워터멜론 슈거와 송어 즙과 특수한 약초를 하나로 뒤섞어 이 좋은 기름을 만들어내고, 우리의 세상을 밝히는 데 사용한다.

나는 몹시 졸렸지만 자고 싶지 않았다. 졸리면 졸릴수록 더

자고 싶지 않았다. 나는 옷을 벗지 않은 채 오랫동안 침대에 누워 있었다. 등불을 켠 채 방 안의 그림자를 응시했다.

불길한 시간이긴 했지만 근사한 그림자가 아주 가까이 다가오며 사방을 에워쌌다. 이제는 너무도 졸려서 눈이 닫히려들지 않았다. 눈꺼풀이 조금도 움직이려들지 않았다. 눈 동상이었다.

등불을 든 여인

잠들지 않은 채로 침대에 계속 누워 있을 수 없었다. 나는 밤 산책을 하러 나섰다. 춥지 않도록 붉은색 매키노를 걸쳤다. 이처럼 잠드는 데 애를 먹는 것이 나로 하여금 산책을 하게 만드는 것일 게다.

수로교를 따라 걸어 내려갔다. 거긴 걷기 좋은 곳이다. 수로교는 총 길이가 8킬로미터나 되는데 우리도 왜 있는지는 모른다. 왜냐하면 이미 곳곳에 물이 있기 때문이다. 이곳엔 강이 이삼백 개는 되었다.

찰리도 왜 사람들이 그 수로교를 만들었는지 전혀 알지 못했다.

"오래전엔 물이 부족했나 보지. 그래서 세웠겠지. 난 몰라. 내게 묻지 마."

나는 언젠가 그 수로교가 악기가 되는 꿈을 가졌었다. 안은 물이 가득한데 물 바로 위에 작은 워터멜론 줄이 있고 그 줄에 방울이 달려 있어 물이 방울을 울리는 그런 악기가 되는 꿈을. 나는 그 꿈을 프레드에게 얘기했고 프레드는 좋은 것 같다고 했다.

"그러면 정말로 아름다운 음악이 나올 거야." 프레드는 말했다.

나는 수로교를 따라 얼마간 걷다가, 수로교가 거울 동상 근처 강과 엇갈리는 지점에서 꼼짝 않고 오랫동안 서 있었다. 나는 그 아래 강물 속 무덤에서 올라오는 불빛을 볼 수 있었다. 사람들이 가장 묻히기 좋아하는 곳이었다.

나는 기둥 중 하나에 달린 사다리를 타고 올라가, 약 6미터 높이의 수로교 가장자리에 걸터앉았다. 두 다리를 가장자리 너머로 대롱대롱 늘어뜨린 채.

나는 거기 오랫동안 앉아 있었다. 아무것도 생각하지 않고 아무것에도 더는 주의를 기울이지 않은 채. 그러고 싶지가 않았다. 수로교 위에 앉아 있는 동안 밤이 지나가고 있었다.

이윽고 나는 저 멀리서 소나무 숲을 빠져나오는 등불 하나를 보았다. 등불은 길로 내려와 다리를 건너고 워터멜론 밭을 지났으며 이따금씩 길에, 처음엔 이 길에서 그다음엔 저 길에서 멈춰 섰다.

나는 그 등불이 누구의 것인지 알고 있었다. 여자 손이었다. 내가 밤 산책을 시작하기 전에도 나는 몇 년에 걸쳐 그녀를 여러 번 보았다.

그러나 가까이 다가가서 본 적은 없었다. 나는 그녀가 누구인지 몰랐다. 나는 그녀가 조금은 나 같은 사람이라는 걸 알았다. 이따금씩 그녀도 밤에 잠드는 데 애를 먹는 것이리라.

밖에 나와 있을 때 그녀를 보면 언제나 위안이 되었다. 나는 그녀를 뒤쫓아간다거나, 아니면 밤에 그녀를 보았다는 얘기를 해서 그녀가 누구인지 알아보려고 시도한 적이 없다.

이상하게도 그녀는 나의 여자였으며 그녀를 보는 것이 내게 위안을 가져다주었다. 나는 그녀가 매우 예쁘다고 생각했지만 그녀의 머리칼이 무슨 색깔인지는 알지 못했다.

닭

등불을 든 여인은 몇 시간 전에 떠났다. 나는 수로교에서 내려와 다리를 쭉 폈다. 나는 걸어서 다시 아이디아뜨로 갔다. 인보일과 그 일당이 무엇을 가져다줄지 알지 못할 황금빛 태양 아래 동이 트는 시각에. 우리로서는 기다려보는 수밖에 없었다.

시골 풍경이 움직이기 시작했다. 나는 소젖을 짜러 나가는 한 농부를 보았다. 그는 나를 보자 손을 흔들어 인사했다. 그는 별난 모자를 쓰고 있었다.

수탉이 울기 시작했다. 그들의 부리 트럼펫은 시끄럽게 아주 먼 곳까지 여행했다. 나는 해가 뜨기 직전에 아이디아뜨에 도착했다.

아이디아뜨 앞, 한 농부의 집에서 도망쳐 나온 하얀 닭 두 마리가 땅바닥을 쪼고 있었다. 그들은 나를 쳐다보더니 도망가버렸다. 갓 도망쳐 나온 닭이었다. 그들의 날개가 진짜 새의 것처럼 움직이지 않았으므로 알 수 있었다.

베이컨

핫케이크, 스크램블드에그, 베이컨으로 구성된 멋진 아침 식사 후에 인보일과 그 일당이 술에 취한 채 아이디아뜨에 도착했고, 그때 모든 것이 시작되었다.

"정말 근사한 아침 식사야." 프레드가 폴린에게 말했다.

"고마워요."

마거릿은 자리에 없었다. 그녀가 어디 있는지 나는 몰랐다. 그러나 폴린은 있었다. 그녀는 좋아 보였고 예쁜 드레스를 입고 있었다.

그때 정문 벨이 울리는 소리가 들렸다. 척 영감이 사람들 목소리를 들었다고 말했지만, 그만한 거리에서 사람 목소리를 듣기란 불가능했다.

"내가 나가볼게." 앨이 말했다.

그가 일어나 부엌에서 강 밑으로 이어지는 복도를 거쳐 거실로 걸어갔다.

"누굴까?" 찰리가 말했다.

나는 찰리가 이미 알고 있었다고 생각한다. 왜냐하면 그가 포크를 내려놓고 접시를 옆으로 치웠기 때문이다.

아침 식사는 끝났다.

몇 분 뒤에 앨이 돌아왔다. 그는 이상해 보였고 걱정스러운 표정이었다.

"인보일이에요." 앨이 말했다. "찰리, 당신을 만나고 싶다는군요. 우리 모두를 만나고 싶대요."

이제 우리가 이상해 보였고 걱정스러운 표정이 되었다.

우리는 일어나 강으로 이어지는 복도를 거쳐 거실로 나왔다. 바로 옆에 폴린의 그림이 걸려 있었다. 우리는 아이디아뜨앞 현관으로 갔다. 인보일이 술에 취한 채 기다리고 있었다.

전주곡

"너희는 너희가 아이디아뜨를 안다고 생각하지. 하지만 너희는 아이디아뜨에 대해 아는 게 아무것도 없어. 너희는 아이디아뜨에 대해 아는 게 아무것도 없어." 인보일이 말했다. 그러자 그 일당에게서 거친 웃음소리가 터져 나왔다. 그들도 인보일과 마찬가지로 취해 있었다.

"하나도 몰라. 너희는 모두 가면무도회를 하고 있는 거야."

또 한 번 인보일 일당에게서 거친 웃음소리가 터져 나왔다.

"우리가 모르는 무엇을 알고 있다는 거지?" 찰리가 말했다.

"아이디아뜨가 진짜로 뭔지 우리가 너희에게 보여줄게."

그리고 또다시 거친 웃음소리가 터져 나왔다.

"우리가 보여주지. 우릴 송어 부화장으로 들여보내줘. 그러면 한두 가지 보여줄게. 아이디아뜨에 대해 알게 되는 게 두려워? 아이디아뜨가 정말로 뭘 의미하는지? 너희가 아이디아뜨를 어떤 웃음거리로 만들어놓았는지? 너희 다 그랬어. 그리고 찰리, 여기 이 나머지 얼간이들보다 당신이 더 그랬지."

"그럼 들어와봐." 찰리가 말했다. "우리에게 아이디아뜨를 보여줘봐."

언쟁

인보일과 그 일당이 비틀거리며 아이디아뜨로 들어섰다.

"쓰레기장이로군." 그들 중 하나가 말했다. 그들은 그들이 많이 만들어 마시는 그 물건 때문에 눈이 다 빨갰다.

우리는 거실의 작은 강 위를 지나는 금속다리를 건너 송어부화장으로 이어지는 복도를 따라 내려갔다.

인보일 일당 중 하나가 너무 취해서 쓰러지는 바람에 다른 작자들이 그를 일으켜 세웠다. 그가 너무 취해 있었기 때문에 그들은 그를 거의 끌다시피 해야 했다. 그는 다시 또다시, 같은 말을 되풀이했다.

"우린 언제 아이디아뜨에 도착하지?"

"이미 아이디아뜨에 와 있어."

"이게 뭐야?"

"아이디아뜨."

"오, 우린 언제 아이디아뜨에 도착하지?"

마거릿은 어디에도 없었다. 나는 인보일과 그 쓰레기들에게서 폴린을 보호하기 위해 그녀와 나란히 걸었다. 인보일이 폴린을 보고 다가왔다. 그의 겉옷은 한 번도 빤 적이 없는 것처럼 보였다.

"안녕, 폴린." 그가 말했다. "좀 어때?"

"당신은 구역질 나는 사람이야." 그녀가 대답했다.

인보일은 웃었다.

"당신이 나가고 나면 걸레질을 하겠어." 그녀가 말했다. "당신이 걸어 다니는 곳은 어디든 더러워지니까."

"그러지 마." 인보일이 말했다.

"그럼 내가 어떻게 할까?" 폴린이 말했다. "당신 꼴 좀 봐."

나는 이미 폴린과 가까이에 있었지만, 이제 그들 사이에 끼어들어야 할 지경이었다. 폴린은 몹시 화가 나 있었다. 폴린이 그렇게 화가 난 것을 본 적이 없었다. 성질이 보통이 아니었다.

인보일은 다시 웃었고 그녀에게서 떨어져나가 찰리와 합류했다. 찰리도 그를 보기가 껄끄러운 것은 마찬가지였다.

복도를 따라 내려가는 이상한 행렬이었다.

"우린 언제 아이디아뜨에 도착하지?"

송어 부화장

아이디아뜨의 송어 부화장은 오래전 마지막 호랑이를 죽여 그 자리에서 불태워버렸을 때 세워졌다. 호랑이를 불태운 바로 그 자리에 송어 부화장이 지어진 것이다. 잿더미를 둘러싸고 벽이 지어져 올라갔다.

부화장은 작지만 무척 공들여 만들어졌다. 부화장 칸과 웅덩이는 워터멜론 슈거와 돌로 만들어졌다. 돌은 아주 먼 곳에서 모아와 먼 순서대로 채워놓았다.

부화장 물은 나중에 거실 본류에 합류하는 작은 강에서 나온다. 이용된 슈거는 황금색과 푸른색 슈거다.

부화장 웅덩이 바닥에는 두 사람이 묻혀 있다. 어린 송어를 지나 아래를 보면, 관에 누워 유리 너머로 빤히 바라보는 그들이 보인다. 그들이 그렇게 묻어주길 바랐고 그래서 그렇게 되었다. 그들은 부화장을 지키는 사람이었고 동시에 찰리의 식구였기 때문이다.

부화장 바닥은 타일을 아주 우아하게 짜 맞추어놓아 거의 음악처럼 아름다웠다. 부화장은 춤추기에 아주 멋진 곳이다.

부화장에는 마지막 호랑이의 동상이 있다. 호랑이는 불타고 있고, 우리 모두 그것을 바라보고 있다.

인보일의 아이디아뜨

"좋아." 찰리가 말했다. "네가 몇 년 전부터 우리는 아이디아뜨에 관해 아무것도 모른다는 둥 너는 모든 해답을 알고 있다는 둥 얘기해온 것에 대해 궁금해하던 참이야. 해답을 좀 듣자꾸나."

"좋아." 인보일이 말했다. "결국 이거야. 너희는 아이디아뜨가 정말로 어떻게 되어가고 있는지 몰라. 호랑이들은 아이디아뜨에 대해 너희가 아는 것보다 더 많이 알았어. 너희는 호랑이들을 죽여버렸고 마지막 호랑이는 이 안에서 불태워졌지.

그게 잘못이야. 호랑이들을 죽이지 말았어야 했어. 호랑이들은 아이디아뜨의 진정한 의미였어. 그들 없이 아이디아뜨란 있을 수가 없어. 그런데 너희는 호랑이들을 죽였고, 그래서 아이디아뜨는 떠나버렸고, 그 이후로 너희는 여기서 한 무리의 얼간이들처럼 살아왔지.

내가 아이디아뜨를 다시 데려올 거야. 우리가 아이디아뜨를 다시 데려올 거야. 여기 있는 내 일당과 내가. 오랜 세월 생각해온 거고 이제 우리가 그걸 해낼 거야. 아이디아뜨는 다시 올 거야."

인보일이 호주머니에 손을 넣어 잭나이프를 꺼냈다.

"그 나이프로 뭘 하려는 거지?" 찰리가 말했다.

"보여주지." 인보일이 말했다.

그는 칼날을 꺼냈다. 칼날은 날카로워 보였다.

"이게 아이디아뜨야." 그가 말했다.

그러고는 나이프를 잡고 자기 엄지를 잘라 이제 겨우 부화한 송어 새끼가 가득 찬 칸에 그것을 떨어뜨렸다. 그의 손에서 흘러나오기 시작한 피가 바닥에 뚝뚝 떨어졌다.

그러자 인보일 일당 모두가 잭나이프를 꺼내 자기 엄지를 잘라 그것을 여기저기, 이 칸과 저 웅덩이 안에 던져 넣었고 급기야 그곳 전체가 엄지손가락과 피로 가득해졌다.

자기가 어디에 있는지도 모르는 한 작자가 말했다.

"난 언제 내 엄지를 자르지?"

"바로 지금." 누군가가 말했다.

그러자 그자는 자기 엄지를 잘랐다. 그러나 그는 너무도 술에 취해 있었기 때문에 엄지가 깔끔하게 잘리지 않았다. 손톱의 일부분이 아직도 손에 달려 있었다.

"왜 이런 짓을 하는 거지?" 찰리가 말했다.

"이건 단지 시작일 뿐이야." 인보일이 말했다. "아이디아뜨는 정말로 이런 모습이어야만 하는 거야."

"바보 같아 보이는구나." 찰리가 말했다. "모두 엄지손가락이 없으니."

"이건 단지 시작일 뿐이야." 인보일이 말했다. "잘들 했어. 이제 우리 코를 잘라내자."

"아이디아뜨 만세."

그들 모두가 그렇게 외치고 자기 코를 잘라냈다.

너무도 술에 취해 있던 그 작자는 자신의 한쪽 눈까지 뽑아냈다. 그들은 자기 코를 들고 여기저기에 던졌다.

그들 중 하나는 자기 코를 프레드 손에 쥐여주었다. 프레드는 코를 들고 그자의 얼굴에 내동댕이쳤다.

이런 상황에서 폴린은 다른 여자들처럼 굴지 않았다. 그녀는 두려워하지 않았고 구역질하지도 않았다. 그녀는 단지 자꾸 자꾸 자꾸 더 화가 나고 있었다. 그녀의 얼굴은 분노로 빨개져 있었다.

"잘들 했어. 이제 귀를 잘라버려."

"아이디아뜨 만세."

그러자 그다음엔 여기저기에 귀가 널렸고, 송어 부화장은 핏물로 잠겨갔다.

무지무지 취해 있던 그 작자는 자기가 벌써 오른쪽 귀를 잘라냈다는 것을 잊어버리고서, 다시 자르려 애를 쓰다 귀가 없자 어리둥절해하고 있었다.

"내 귀가 어디 있지?" 그가 말했다. "자를 수가 없잖아."

이때쯤 인보일과 그 일당은 치사량의 피를 흘리고 있었다. 그들 중 몇몇은 피를 많이 흘린 탓에 벌써 쇠약해지기 시작해 바닥에 주저앉아 있었다.

인보일은 멀쩡히 서서 손가락을 잘라내고 있었다.

"이게 아이디아뜨야." 인보일이 말했다. "이게 진짜 아이디아뜨야."

마침내 그 역시 주저앉아야만 했다. 그리하여 피를 흘리다 죽을 수 있도록.

그들은 이제 모두 바닥에 앉아 있었다.

"네 스스로 뭔가를 입증했다고 생각하길 바란다." 찰리가 말했다. "난 네가 뭘 입증했다고 생각하지 않지만."

"우린 아이디아뜨를 입증했어." 인보일이 말했다.

폴린이 갑자기 부화장을 나가려 했다. 나는 그녀에게 가다가 바닥의 피 때문에 미끄러져 쓰러질 뻔했다.

“괜찮아?” 내가 말했다. 무슨 말을 해야 할지 잘 알지도 못하면서. “도와줄까?”

“아니.” 그녀는 말했다. “걸레를 갖고 와서 이 난장판을 청소하려고 그래.”

‘난장판’이라고 말할 때 그녀는 인보일을 똑바로 쳐다보았다. 그녀는 부화장을 나갔다가 잠시 후에 걸레를 갖고 돌아왔다. 그들은 대부분 사망한 상태였다. 인보일만 빼고. 그는 여전히 아이디아뜨에 대해 얘기하고 있었다.

“봐. 우린 해냈어.” 그가 말했다.

폴린은 걸레로 피를 닦기 시작했다. 그녀는 걸레의 핏물을 양동이에 짜 넣었다. 양동이가 피로 거의 가득 찼을 때 인보일은 죽었다.

“나는 아이디아뜨다.” 인보일이 말했다.

“넌 개자식이다.” 폴린이 말했다.

인보일이 마지막으로 본 것은 옆에 선 폴린이 걸레에 묻은 자신의 피를 양동이에 짜 넣는 모습이었다.

손수레

"자, 이걸로 끝이다." 찰리가 말했다.

인보일의 보지 못하는 눈이 호랑이 동상을 응시하고 있었다. 부화장 안, 보지 못하는 수많은 눈이 무언가를 응시하고 있었다.

"그래요." 프레드가 말했다. "이게 대체 무슨 일인지."

"나도 모르겠군." 찰리가 말했다. "그들은 잊힌 물건으로 만든 그 위스키를 먹지 말았어야 했어. 그게 잘못이었어."

"맞아요."

우리 모두 폴린에게 합세해 그곳을 치우고, 걸레로 피를 닦아내고, 시체들을 실어 내갔다. 우리는 손수레를 사용했다.

행렬

"여기 이 손수레를 계단 아래로 내려 보내도록 도와줘."

"자."

"아, 고마워."

우리는 시체를 현관 밖에다 쌓았다. 아무도 어떻게 해야 할지 알지 못했다. 다만 우리는 그 시체들을 더는 아이디아뜨에 두고 싶지 않았다.

무슨 일이 벌어지고 있는지 보려고 시내에서 많은 사람이 올라와 있었다. 우리가 마지막 시체를 손수레로 내왔을 때 거기엔 아마 백 명쯤 모여 있었다.

"무슨 일이 일어난 거지?" 학교 선생이 말했다.

"그들이 쑥밭을 자초한 거야." 척 영감이 말했다.

"엄지손가락과 귀, 코는 다 어디 있어요?" 에드워즈 박사가 물었다.

"저 건너 양동이에." 척 영감이 말했다. "잭나이프로 잘라냈지. 이유는 모르지만."

"시체는 어떻게 하지요?" 프레드가 말했다. "무덤에 넣을 건 아니죠?"

"아니야." 찰리가 말했다. "달리 해야만 해."

"잊힌 작품에 있는 그들 오두막에 둬요." 폴린이 말했다. "그리고 불태워버려요. 그들의 오두막을 불태워버려요. 함께 다 태워버려요. 그리고 잊어버려요."

"좋은 생각이야." 찰리가 말했다. "대형 짐마차를 가져와 아래로 시체를 운반해 가는 거야. 이 무슨 끔찍한 일인지."

우리는 시체를 짐마차에 실었다. 그때쯤에는 워터멜론 슈거의 거의 모든 사람이 아이디아뜨에 모여 있었다. 우리 모두 잊힌 작품을 향해 함께 내려가기 시작했다.

우리는 아주 천천히 출발했다. 우리는 '당신은 길을 잃을지도 모릅니다'를 향해 간신히 움직여나가는 행렬 같았다. 나는 폴린 옆에서 걸었다.

야생 히아신스

따뜻한 황금색 태양이 우리를, 그리고 서서히 가까워지는 잊힌 작품의 더미를 비춰주고 있었다. 우리는 강과 다리를 건너 농장과 초원을 지나 소나무 숲을 헤치고 나와 워터멜론 밭을 지나갔다.

잊힌 작품의 더미는 반은 산이고 반은 기계 장치로 이루어진, 황금처럼 빛나는 다부진 짐승 같았다.

이제 사람들은 거의 축제 같은 분위기를 풍기고 있었다. 인보일과 그 일당이 죽어서 마음이 놓인 것이다.

아이들은 길을 따라가면서 꽃을 꺾기 시작했고, 얼마 지나지 않아 행렬에는 꽃이 아주 많아졌고, 그리하여 행렬은 장미와 수선화와 양귀비와 야생 히아신스가 가득 담긴 일종의 꽃병이 되었다.

"끝이네." 폴린이 말했다.

그러더니 몸을 돌려 내게 팔을 두르고는 아주 다정하게 나를 껴안았다. 모든 게 끝났다는 걸 증명하듯이. 나는 내게 닿는 그녀의 몸을 느꼈다.

다시, 다시, 다시, 다시 마거릿

인보일과 그 일당의 시체는 한 오두막에 집어넣어졌고 워터멜론 송어 기름에 흠씬 적셔졌다. 우리는 거기 쓰려고 기름을 한가득 가져왔다. 다른 오두막도 전부 워터멜론 송어 기름에 흠씬 적셔졌다.

모든 사람들이 뒤로 물러서 있고, 찰리가 막 시체가 들어 있는 오두막에 불을 붙이려고 할 때 마거릿이 춤을 추며 잊힌 작품에서 나왔다.

"무슨 일이지?" 마거릿이 말했다.

그녀는 아무 일도 일어나지 않은 것처럼, 우리가 거기 소풍차 나와 있는 것처럼 행동했다.

"어디 있었니?" 이런 상황에서도 침착해 보이는 마거릿을 약간 당황스럽게 바라보며 찰리가 말했다.

"잊힌 작품에요." 마거릿이 말했다. "오늘 아침 일찍 해가 뜨기 전에 이곳에 내려왔어요. 물건을 찾으러요. 무슨 일이에요? 왜 모두들 여기 잊힌 작품에 내려와 있는 거예요?"

"무슨 일이 일어났는지 모르니?" 찰리가 말했다.

"몰라요." 그녀가 말했다.

"오늘 아침 여기 왔을 때 인보일을 봤니?"

"아뇨. 다들 자고 있었는걸요. 무슨 일이에요?" 그녀는 주위를 둘러보았다. "인보일은 어디 있어요?"

"네게 얘기해주어도 될지 모르겠구나." 찰리가 말했다. "죽었다. 그의 일당도 마찬가지로."

"죽다니. 농담하는 거죠."

"왜? 아니란다. 두 시간 전에 그들이 아이디아뜨로 올라와 송어 부화장에서 다 같이 자살했어. 그들의 시체를 불태우려고 이리 갖고 내려온 거야. 그들은 끔찍한 짓을 저질렀어."

"믿기지 않아요." 마거릿이 말했다. "정말 믿을 수가 없어요. 이게 무슨 농담이에요?"

"농담하는 거 아니야." 찰리가 말했다.

마거릿이 주위를 둘러보았다. 그녀는 거의 모든 사람이 거기 있는 것을 볼 수 있었다. 그녀는 폴린 곁에 서 있는 나를 보았다. 그녀는 내게로 달려와 말했다.

"사실이야?"

"맞아."

"왜?"

"몰라. 아무도 몰라. 그냥 아이디아뜨로 올라와서 자살했어. 불가사의한 일이야."

"오, 세상에." 마거릿이 말했다. "어떻게 그랬어?"

"잭나이프로."

"오, 세상에." 마거릿이 말했다.

그녀는 몹시 충격을 받고 넋이 나간 듯했다. 그녀가 내 손을 움켜잡았다.

"오늘 아침에?" 그녀가 말했다.

특별히 누구를 향한 질문도 아니었다.

"그래."

그녀의 손은 차가웠다. 내 손에 쥐어진 손가락이 너무도 작아 어색하게 느껴졌다. 나는 그날 아침 잊힌 작품으로 사라져버렸던 그녀를 물끄러미 바라볼 수밖에 없었다.

오두막 열熱

찰리는 15센티미터 성냥을 들고 인보일과 그 일당이 들어 있는 오두막에 불을 질렀다. 우리는 모두 뒤로 물러서 있었고, 불길은 점점 더 높이 올라가면서 워터멜론 송어 기름이 만드는 아름다운 불빛과 함께 타올랐다.

그다음에 찰리는 다른 오두막에도 불을 질렀다. 오두막은 똑같이 환하게 타올랐고 금세 열기가 너무도 심해져 우리는 뒤로 자꾸만 물러서다가 결국엔 들판으로 나가 있어야 했다.

우리는 한 시간가량 지켜보았고, 그때쯤 오두막은 꽤 많이 사라지고 없었다. 찰리는 거기 서서 아주 조용히 지켜보고 있었다. 인보일은 한때 그의 동생이었다.

어떤 아이들은 들판에서 놀고 있었다. 불구경하는 데 지친 것이다. 맨 처음에야 아주 흥미진진했겠지만 곧 아이들은 지쳤고, 그래서 다른 것을 하기로 결정했다.

폴린은 풀밭에 앉았다. 불이 그녀의 얼굴에 완전한 평온을 가져다주었다. 그녀는 갓 태어난 것처럼 보였다.

나는 잡고 있던 마거릿의 손을 놓았다. 그녀는 여전히 눈앞의 일에 넋이 나가 있었다. 그녀는 풀밭에 혼자 앉았다. 맞잡은 두 손이 꼭 죽어 있는 것 같았다.

불길이 아주 작게 잦아들었을 때, 잊힌 작품에서 세찬 바람이 불어와 잿더미가 재빨리 허공으로 흩날렸다. 잠시 후 프레드는 하품을 했고, 나는 꿈을 꾸었다.

3 마거릿

일

나는 상쾌해진 기분으로 깨어나 나의 오두막 워터멜론 천장을 바라보았다. 침대에 누워 바라보는 천장은 얼마나 멋이 있는지. 나는 몇 시일까 생각했다. 시내 카페에서 점심때 프레드를 만나기로 되어 있었다.

나는 일어나 밖으로 나가 나의 오두막 앞 현관에서 다시 기지개를 켰다. 맨발 아래 차가운 돌의 촉감을 느끼면서, 그 돌이 있었던 먼 곳을 느끼면서, 회색 태양을 바라보았다.

강물 빛으로 보아 아직 완전한 점심 시간은 아니었고, 그래서 나는 강으로 가 물을 좀 떠서 얼굴에 뿌렸다. 정신을 마저 깨우기 위하여.

미트로프

나는 카페에서 프레드를 만났다. 그는 벌써 와서 나를 기다리고 있었다. 에드워즈 박사가 그와 함께 있었다. 프레드는 메뉴를 보고 있었다.

"안녕." 내가 말했다.

"안녕."

"안녕." 에드워즈 박사가 말했다.

"오늘 아침엔 정말 급해 보이던데요." 내가 말했다. "말이 필요할 것 같았어요."

"맞아. 아기를 받아야 했거든. 오늘 아침 꼬마 여자아이가 태어났어."

"좋은 일이로군요." 내가 말했다. "그 운 좋은 아버지가 누구예요?"

"론을 알아?"

"예. 구두 가게 근처 오두막에 사는 사람, 맞죠?"

"맞아. 그가 잘생긴 여자아이를 얻었어."

"아주 잘 걸으시던데요. 지금도 그런 속도를 낼 수 있는지 몰랐어요."

"아무렴."

"프레드, 좀 어때?" 내가 말했다.

"좋아. 오전에 일을 좀 많이 했지. 넌 뭐 했어?"

"꽃을 좀 심었어."

"책은 썼어?"

"아니. 꽃을 좀 심고 낮잠을 길게 잤지."

"게으름뱅이로군."

"그나저나 책은 어떻게 되어가?" 에드워즈 박사가 물었다.

"되어가는 중이에요."

"좋군. 뭐에 관한 거야?"

"그냥 쓰는 거예요. 한 단어씩 차례로."

"좋네."

웨이트리스가 건너와 우리에게 점심으로 뭘 먹을 것인지 물었다.

"점심으로 뭘 먹겠어요, 청년들?" 그녀가 말했다.

그녀는 오랜 세월 그곳의 웨이트리스였다. 그녀는 거기서 젊은 시절을 보냈고 이제 더는 젊지 않았다.

"오늘 특식은 미트로프, 맞지요?" 에드워즈 박사가 말했다.

"맞아요. '회색 날에는 미트로프' 이게 우리의 모토지요." 그녀가 말했다.

모든 사람이 웃었다. 썩 괜찮은 농담이었다.

"난 미트로프를 먹겠어요." 프레드가 말했다.

"당신은요?" 웨이트리스가 말했다. "미트로프?"

"그래요, 미트로프." 내가 말했다.

"미트로프 삼 인분." 웨이트리스가 말했다.

애플파이

점심 식사 후, 에드워즈 박사는 론의 부인과 아기가 괜찮은지 보기 위해 일찍 자리를 떠야 했다.

"다음에 만나세." 그가 말했다.

프레드와 나는 한동안 거기 그대로 머물면서 느긋하게 커피를 한잔 더 마셨다. 프레드는 제 커피에 두 덩어리의 워터멜론 슈거를 넣었다.

"마거릿은 어떻게 지내지?" 그가 말했다. "그녀를 본 적 있나? 아니면 소식 들은 적 있어?"

"아니." 내가 말했다. "오늘 아침에 말했잖아."

"그녀는 너와 폴린 때문에 상태가 아주 좋지 않아." 프레드가 말했다. "상황을 받아들이는 데 무진 애를 먹고 있는 듯 보였어. 어제 그녀의 오빠와 얘기했는데 마거릿이 가슴 아파하고 있다고 말하더군."

"나로서도 어쩔 수 없는 일이야." 내가 말했다.

"왜 마거릿에게 화가 난 거야?" 프레드가 말했다. "그녀가 인보일과 무슨 관계가 있었다고 생각하는 건 아니지? 다른 사람들이 다 그렇게 생각한다고 해서 말이야. 물론 폴린과 나는 아니지만. 아무런 증거도 없잖아. 애당초 말도 안 되는 소리야. 그들 사이에 뭔가 연결을 지었던 것도 우연의 일치였을 뿐이라고. 그녀가 인보일과 무슨 관계가 있었다고 믿지는 않겠지, 그렇지?"

"모르겠어." 내가 말했다.

프레드는 어깨를 으쓱해 보이고 커피를 한 모금 마셨다. 웨이트리스가 우리에게 건너와 디저트로 파이를 원하는지 물었다.

"우리 가게 애플파이가 정말로 맛있어요." 그녀가 말했다.

"한 조각 먹으면 좋겠군요." 프레드가 말했다.

"당신은요?"

"난 괜찮아요." 내가 말했다.

"자, 난 일하러 돌아가야겠어." 프레드가 말했다. "합판 압착기에 가봐야 해. 넌 뭐 할 거야?"

"가서 써야지." 내가 말했다. "얼마 동안은 책 쓰는 일을 할 거야."

"의욕적으로 들리는군." 프레드가 말했다. "학교 선생이 말한 것처럼 날씨에 관한 건가?"

"아냐, 날씨에 관한 게 아니야."

"잘됐군." 프레드가 말했다. "나라면 날씨에 관한 책은 읽고 싶지 않을 테니까."

"책 읽은 적 있어?" 내가 말했다.

"아니." 프레드가 말했다. "읽은 적은 없지만 구름에 관한 책으로 시작하고 싶지는 않아."

길

프레드는 워터멜론 공장으로 갔고, 나는 글을 쓰기 위해 나의 오두막으로 돌아가기 시작했다. 그러다가 나는 그러지 않기로 결정했다. 나는 뭘 해야 할지 알지 못했다.

아이디아뜨로 돌아가 찰리에게 내가 가진 생각에 관해 이야기하거나, 아니면 폴린을 찾아가 그녀와 사랑을 나눌 수도 있었다. 아니면 거울 동상이 있는 곳으로 가 잠시 거기 앉아 있거나.

그게 바로 내가 한 일이었다.

거울 동상

거울 동상이 있는 곳으로 가 거기 오래도록 서서, 거울 이외의 모든 것을 마음에서 비우면 모든 것이 거기 비쳐 나타난다. 이때 거울에 뭔가를 바라지 않도록 조심해야 한다. 저절로 일어나도록 두어야 한다.

한 시간가량 지나자 마음이 다 비워져나갔다. 어떤 사람은 거울 동상에서 아무것도 보지 못한다. 자기 모습조차도.

이윽고 나는 아이디아뜨와 시내와 잊힌 작품과 강과 들판과 소나무 숲과 야구장과 워터멜론 공장을 볼 수 있었다.

나는 아이디아뜨 정문 현관에 있는 척 영감을 보았다. 그는 머리를 긁고 있었다. 그리고 찰리는 부엌에서 토스트에 버터를 바르고 있었다.

에드워즈 박사는 론의 오두막에서 나와 거리를 따라 걸어 내려가고 있었고, 개 한 마리가 그의 발자국 냄새를 맡으면서 뒤를 쫓아가고 있었다. 개는 어느 한 발자국에 멈추어, 그 위에서 꼬리를 흔들며 거기 서 있었다. 개는 정말로 그 발자국을 마음에 들어했다.

잊힌 작품 근처 인보일과 그 일당의 오두막은 이젠 다만 잿더미로 누워 있었다. 새 한 마리가 잿더미 근처에서 뭔가를 찾고 있었다. 새는 제가 찾고 있던 것을 발견하지 못하고 지쳐 날아가버렸다.

나는 폴린이 소나무 숲을 헤치고 내 오두막을 향해 걸어 올라오는 것을 보았다. 그녀는 그림을 하나 들고 있었다. 나를 놀라게 해줄 선물이었다.

나는 아이들이 야구장에서 야구를 하는 것을 보았다. 투수 역할을 맡은 아이 중 하나는 멋지고 빠른 볼을 던질 줄 알았고 컨트롤이 좋았다. 그 아이는 연달아 다섯 개의 스트라이크를 던졌다.

나는 프레드가 황금색 워터멜론 슈거 합판을 만드는 자기조 직공들을 지휘하는 것을 보았다. 그는 누군가에게 조심해서 일하라고 말하고 있었다.

나는 마거릿이 그녀의 오두막 옆 사과나무 위로 올라가는 것을 보았다. 그녀는 울고 있었고, 목에 스카프를 매고 있었다.

그녀는 스카프의 나머지 한쪽 끝을 어린 사과 열매가 잔뜩 매달려 있는 가지에 묶었다. 그녀는 그 가지에서 내려섰다. 그리고 그녀는 허공에 혼자 서 있었다.

다시 원로 송어

나는 거울 동상을 들여다보는 일을 그만두었다. 그날 볼 만큼은 보았다. 나는 강변의 긴 의자에 앉아 거기 있는 깊은 웅덩이 속을 응시했다. 마거릿이 죽었다.

웅덩이 표면에 한차례 소용돌이가 일고 물이 맑아지자 강바닥이 훤히 보였다. 나는 원로 송어가 턱에 자그마한 아이디아뜨 방울을 매단 채, 나를 마주 응시하는 것을 보았다.

그 송어는 사람들이 무덤을 넣고 있던 곳에서 상류로 헤엄쳐 온 게 분명했다. 늙은 송어에게는 먼 길이다. 내가 떠난 직후에 출발한 것이 틀림없다.

원로 송어는 내게서 눈을 떼지 않았다. 그는 물속에 꼼짝 않고 있으면서, 아침 일찍 사람들이 무덤을 넣고 있을 때 근처에서 지켜보던 것처럼 열중해서 나를 응시하고 있었다.

웅덩이 표면에 또 한차례 소용돌이가 일어 원로 송어가 보이지 않았다. 그리고 웅덩이가 다시 맑아졌을 때 원로 송어는 사라지고 없었다. 나는 송어가 있던 자리를 응시했다. 이제 하나의 텅 빈 방 같았다.

프레드를 찾아가다

나는 프레드를 만나러 워터멜론 공장으로 내려갔다. 그는 같은 날 두 번이나 나를 그 아래서 보게 되어 좀 놀란 듯했다.

"안녕." 뭔가 잘못된 것이 있나 황금색 합판을 확인하던 그가 고개를 들면서 말했다. "웬일이야?"

"마거릿 때문에." 내가 말했다.

"그녀를 보았어?"

"응."

"무슨 일이 있었어?"

"그녀가 죽었어. 거울 동상에서 그녀를 보았어. 그녀는 푸른 스카프로 사과나무 가지에 목을 매달았어."

프레드는 황금색 합판을 내려놓았다. 그는 입술을 깨물었고 손으로 머리칼을 쓸었다.

"언제 그랬어?"

"조금 전에. 아직 아무도 몰라."

프레드는 고개를 저었다.

"그녀의 오빠를 만나러 가는 게 좋겠군."

"그는 어디에 있지?"

"농부가 자기 헛간에 새 지붕 얹는 것을 돕고 있어. 거기로 가자."

프레드는 직공들에게 오늘 일은 그만 끝내자고 말했다. 프레드가 그 말을 하자 그들은 정말로 즐거워했다.

"고마워요." 그들이 말했다.

우리는 워터멜론 공장을 나섰다. 프레드는 갑자기 몹시 지쳐 보였다.

다시 바람

회색 태양이 어슴푸레하게 빛났다. 농부의 헛간으로 가는 길을 따라 내려갈 때 바람이 일어 바스락거리거나 움직일 수 있는 것은 모두 우리 주위에서 온통 바스락거리고 움직였다.

"넌 어째서 그녀가 자살했다고 생각해?" 프레드가 말했다. "왜 그녀가 그런 짓을 하겠어? 그녀는 너무도 젊은데. 너무도 젊어."

"모르겠어." 내가 말했다. "그녀가 어째서 자살을 했는지 난 모르겠어."

"정말 끔찍해." 프레드가 말했다. "생각조차 하기 싫은 일이야. 너도 잘 모르는 거지? 그녀를 본 것도 아니잖아?"

"아니야, 그냥 거울 동상을 들여다보고 있는데, 그녀가 목매다는 게 보였어. 그녀는 이젠 죽었어."

마거릿의 오빠

마거릿의 오빠는 헛간 지붕에 올라 푸른색 워터멜론 너와를 박고 있었고, 농부는 또 한 무더기의 너와를 갖고 사다리를 오르고 있었다.

마거릿의 오빠는 우리가 길을 올라오고 있는 것을 보았다. 그는 헛간 지붕에서 일어나 도착까지 한참 남은, 꽤 먼 거리에 있는 우리에게 손을 흔들었다.

"마음이 좋지 않아." 프레드가 말했다.

"안녕." 그녀의 오빠가 외쳤다.

"무슨 바람이 불어 이쪽으로 올라오나?" 농부가 외쳤다.

우리도 손을 흔들어 인사에 답했지만, 거기 다다를 때까지 아무 말도 하지 않았다.

"안녕." 농부가 악수를 하며 말했다. "여기까지 어쩐 일이야?"

마거릿의 오빠가 사다리를 타고 내려왔다.

"안녕." 그가 말했다.

그는 우리와 악수를 나누고서 우리가 뭔가 말하길 기다리며 거기 서 있었다. 우리는 이상하리만치 침착했고, 그들은 그걸 바로 알아차렸다.

프레드는 한쪽 장화로 땅바닥을 긁었다. 그는 오른쪽 장화로 땅바닥에 반원 비슷한 것을 그리더니 왼쪽 장화로 지워버렸다. 그러는 데는 겨우 몇 초가 걸렸다.

"무슨 문제라도 있어?" 농부가 말했다.

"맞아. 무슨 문제라도 있어?" 마거릿의 오빠가 말했다.

"마거릿이야." 프레드가 말했다.

"마거릿이 왜?" 그녀의 오빠가 말했다. "말해봐."

"그녀가 죽었어." 프레드가 말했다.

"어떻게 된 일이야?"

"목매달았어."

마거릿의 오빠는 잠시 똑바로 앞을 응시했다. 그의 두 눈이 흐려졌다. 아무도 말이 없었다. 프레드는 흙에다 또다시 원을 그리더니 흙을 발로 차버렸다.

"잘된 거야." 마침내 마거릿의 오빠가 말했다. "누구 탓도 아니야. 그녀는 마음이 아팠던 거야."

다시, 다시 바람

우리는 시체를 거두러 갔다. 농부는 남아 있어야 했다. 자기도 함께 가겠다고 했지만, 그는 그곳에 남아 소젖을 짜야만 했다. 바람이 거세게 불어 자그마한 것들이 쓰러졌다.

목걸이

마거릿의 시체는 그녀의 오두막 앞 사과나무 가지에 매달려 바람에 흔들리고 있었다. 그녀의 목은 삐뚜름한 각도로 매달려 있었고, 얼굴은 우리가 죽음이라고 알도록 배운 것의 색깔을 하고 있었다.

프레드가 나무 위로 올라가 잭나이프로 그녀의 스카프를 자르고, 마거릿의 오빠와 나는 밑에서 시체를 붙잡아 부드럽게 내렸다. 그런 뒤 마거릿의 오빠가 시체를 오두막 안으로 옮겨 침대에 눕혔다.

우리는 거기 서 있었다.

"그녀를 아이디아뜨로 데려가기로 하지." 프레드가 말했다. "거기가 그녀가 있어야 할 곳이니까."

그녀의 오빠는 우리가 죽음에 대해 알린 이후 처음으로 마음이 놓인 것처럼 보였다.

그는 창가의 커다란 서랍장으로 가, 금속으로 만들어진 자그마한 송어를 이어 만든 목걸이를 꺼냈다. 그는 그녀의 머리를 들어 올리고서 목걸이를 걸어주었다. 그는 마거릿의 눈가에서 머리칼을 쓸어 올렸다.

그리고 그는 침대보로 그녀의 시체를 감쌌다. 영원히 계속될 아이디아뜨의 모습 중 하나가 수놓인 침대보였다. 발이 삐져나와 있었다. 영면에 든 발가락이 차갑고 가지런해 보였다.

긴 의자

우리는 마거릿을 아이디아뜨로 데리고 갔다. 어찌 된 영문인지 아이디아뜨 모든 사람이 마거릿의 죽음을 들어 알고는 우리를 기다리고 있었다. 그들은 정문 현관에 나와 있었다.

폴린이 나를 향해 계단을 달려 내려왔다. 그녀는 아주 어쩔 줄 몰라했고, 양 볼은 눈물로 젖어 있었다.

"왜?" 그녀가 말했다. "도대체 왜?"

나는 최선을 다해 그녀를 감싸 안았다.

"모르겠어." 내가 말했다.

마거릿의 오빠가 시체를 들고 아이디아뜨로 들어가는 계단을 올라갔다. 찰리가 그를 위해 문을 열어주었다.

"자, 내가 문을 열어주지."

"고마워요." 그녀의 오빠가 말했다. "마거릿을 어디에 놓아야 할까요?"

"뒤쪽 송어 부화장에 있는 긴 의자에." 찰리가 말했다. "우리가 죽은 사람들을 눕히는 곳이지."

"길이 기억나지 않는군요." 그녀의 오빠가 말했다. "오랜만에 온 터라."

"내가 가르쳐주지. 날 따라와." 찰리가 말했다.

"고마워요."

그들은 송어 부화장으로 출발했다. 프레드는 그들과 함께 갔고 척 영감과 앨과 빌도 동행했다. 나는 폴린을 감싸 안은 채 뒤에 남아 있었다. 그녀는 줄곧 울고 있었다. 그녀는 정말로 마거릿을 좋아한 것 같았다.

내일

폴린과 나는 거실에 있는 강으로 산책을 나갔다. 일몰이 가까워지고 있었다. 내일의 태양은 검은색의 소리 없는 태양일 것이다. 밤이 계속되겠지만 별은 빛나지 않고 낮처럼 더우며 모든 것이 소리 내지 않을 것이다.

"끔찍한 일이야." 폴린이 말했다. "너무 안타까워. 어째서 마거릿은 자살을 했을까? 너를 사랑한 내 잘못일까?"

"아니야." 내가 말했다. "그 누구의 잘못도 아니야. 그냥 그런 일 중 하나지."

"우린 아주 좋은 친구였는데. 우린 자매 같았지. 난 이게 내 잘못이라고 생각하고 싶지 않아."

"그렇게 생각하지 마." 내가 말했다.

당근

그날 밤 아이디아뜨의 저녁 식사는 조용히 이루어졌다. 마거릿의 오빠는 아이디아뜨에 남아 우리와 함께 식사를 했다. 찰리가 초대한 것이었다.

앨이 또 당근 요리를 만들었다. 그는 워터멜론 슈거와 양념을 넣어 만든 소스에 버섯을 넣고 당근과 함께 익혔다. 오븐에서 갓 구워 나온 뜨거운 빵과 달콤한 버터와 얼음처럼 찬 우유도 있었다.

반쯤 먹었을 때, 프레드가 무언가 중요한 것을 말하려 하다가 마음을 바꾸고는 다시 당근을 먹기 시작했다.

마거릿의 방

식사 후 모든 사람들이 거실로 들어갔다. 장례식은 내일 오전에 열기로 결정되었다. 내일은 어둡고, 아무 소리도 들리지 않고, 그래서 모든 것이 침묵 속에서 이루어져야 될 것임에도 불구하고.

"자네가 괜찮다면." 찰리가 마거릿의 오빠에게 말했다. "마거릿은 우리가 작업해온 무덤에 묻힐 거야. 오늘 오후에 작업을 다 끝냈지."

"그러면 더할 나위 없이 좋죠." 마거릿의 오빠가 말했다.

"내일은 어둡고 아무 소리도 들리지 않겠지만, 우린 모든 걸 해낼 수 있으리라고 생각해."

"그럼요." 그녀의 오빠가 말했다.

"프레드, 자네가 가서 시내 사람들에게 장례식에 대해 알려주겠나? 오고 싶은 사람이 있을지도 몰라. 또 무덤조 사람들에게도 장례가 있다는 걸 알려줘. 그리고 꽃을 구할 수 있을지도 알아봐주고."

"그럼요, 찰리. 맡겨주세요."

"여기서 살던 사람이 죽으면 지내던 방을 벽돌로 막아버리는 게 우리의 풍습이지." 찰리가 말했다.

"그게 무슨 말이지요?" 마거릿의 오빠가 물었다.

"문간을 벽돌로 가로막아 방을 영원히 폐쇄하는 거야."

"그럼직하군요."

벽돌

폴린과 마거릿의 오빠, 찰리, 빌(빌이 벽돌을 갖고 있었다), 그리고 나는 마거릿의 방으로 갔다. 찰리가 문을 열었다.

폴린이 등불을 들고 있었다. 그녀는 등불을 마거릿의 테이블에 올려놓은 다음 기다란 워터멜론 성냥으로 방에 있던 등에 불을 붙였다.

이제 등불은 두 개였다.

방은 잊힌 작품에서 가져온 물건으로 가득했다. 어디를 보든 잊힌 물건 위에 또 다른 잊힌 물건이 쌓여 있었다.

찰리는 고개를 가로저었다.

"여기엔 잊힌 물건이 무척 많군. 우린 이 물건 중 대부분이 어떤 건지도 모르는데." 그가 누구에게랄 것도 없이 말했다.

마거릿의 오빠는 한숨을 내쉬었다.

"자네가 가져가고 싶은 게 있나?" 찰리가 말했다.

마거릿의 오빠는 아주 세심하게 그리고 아주 슬프게 방을 두루 둘러보고서는 역시, 고개를 가로저었다.

"아뇨, 벽돌로 막아주세요."

우리는 방 밖으로 나왔다. 빌이 자리 맞춰 벽돌을 쌓기 시작했다. 우리는 잠시 그것을 지켜보았다. 폴린의 두 눈에는 눈물이 고여 있었다.

"우리하고 밤을 함께 지내세." 찰리가 말했다.

"고마워요." 마거릿의 오빠가 말했다.

"내가 자네 방으로 안내하지. 잘들 자게." 찰리가 우리에게 말했다. 그는 마거릿의 오빠와 함께 갔다. 찰리는 그에게 뭔가 말하고 있었다.

"가자, 폴린." 내가 말했다.

"그래."

"오늘 밤은 함께 있는 게 좋을 것 같아."

"그래." 그녀가 말했다.

우리는 벽돌을 쌓고 있는 빌을 떠났다. 검은색의 소리 없는 슈거로 만들어진 워터멜론 벽돌이었다. 빌이 벽돌을 쌓을 때 그것들은 아무 소리도 내지 않았다. 그 벽돌들이 잊힌 물건을 영원히 봉해버리리라.

나의 방

폴린과 나는 내 방으로 갔다. 우리는 옷을 벗고 침대로 들어갔다. 그녀가 먼저 옷을 벗었고 나는 지켜보았다.

"등불을 불어 꺼주겠어?" 내가 침대로 들 때에 그녀가 앞으로 몸을 기울이며 말했다.

그녀는 침대 커버를 가슴 위로 끌어올리지 않고 있었다. 젖꼭지가 딱딱해져 있었다. 젖꼭지는 그녀의 입술과 거의 똑같은 색깔이었다. 등 불빛 아래 그것들은 아름다워 보였다. 그녀의 눈은 울어서 빨갰다. 그녀는 몹시 피곤해 보였다.

"싫어." 내가 말했다.

그녀는 베개에 머리를 뉘며 아주 엷게 미소 지었다. 그녀의 미소는 그녀의 젖꼭지 색깔 같았다.

"싫어." 내가 말했다.

다시, 등불을 든 여인

얼마 후 나는 폴린을 재웠지만, 나 자신은 평소와 마찬가지로 잠드는 데 애를 먹었다. 내 곁의 그녀는 따스했고 달콤한 냄새가 났다. 그녀의 몸이 트럼펫 악단처럼 내게 잠을 자라며 울어댔다. 나는 오랫동안 가만히 누워 있다가 일어나, 밤 산책을 하러 나섰다.

나는 옷을 입고 선 채 폴린이 잠자는 것을 지켜보았다. 이상하게도 우리가 단짝이 된 이후로 그녀는 잠을 너무도 잘 잤다. 밤에 등불을 들고 오래 산책을 하던 그 여인이 바로 폴린이었는데. 길을 오르락내리락하며 이곳, 이 다리, 이 강, 소나무 숲 속 나무 아래 멈춰 서던, 내가 그토록 궁금해한 여인은 바로 폴린이었다.

그 여인의 머리칼은 금색이었고, 지금 그녀는 잠들어 있다.

우리가 단짝이 되고 난 이후 그녀는 밤 산책을 그만두었지만 나는 아직도 계속하고 있었다. 밤에 그런 긴 산책을 하는 게 내겐 꼭 맞다.

다시, 다시, 다시, 다시, 다시 마거릿

나는 송어 부화장으로 가, 이제는 차갑고 슬픈 시체가 되어 버린 마거릿을 바라보며 서 있었다. 그녀는 긴 의자에 누워 있었고 주위는 온통 등불이었다. 송어들이 잠드는 데 애를 먹고 있었다.

치어 몇 마리가 휙휙 헤엄치는 칸 가장자리에 달린 등불 하나가 마거릿의 얼굴을 환히 비추고 있었다. 나는 그 치어들을 오랫동안 응시했고, 그렇게 몇 시간이 지났을 때 비로소 치어들은 잠이 들었다. 그것들은 이제 마거릿 같았다.

좋은 햄

우리는 해가 뜨기 약 한 시간 전에 일어나 이른 아침을 먹었다. 우리 세계 끝자락 너머로 태양이 솟아올라도 오늘은 어둠이 계속되고 아무 소리도 없을 것이다. 우리의 목소리도 사라지고 없으리라. 뭔가를 떨어뜨려도 아무 소리 없으리라. 강도 잠잠할 것이다.

"긴 하루가 될 거야." 폴린이 드레스를 머리 위로 뒤집어써 잡아당겨 입으면서 말했다.

식사는 햄과 달걀, 해시브라운과 토스트였다. 폴린이 요리를 했다. 나는 그녀를 도와주겠다고 했다.

"내가 할 수 있는 일이 없을까?" 내가 말했다.

"아니야." 그녀가 말했다. "다 내가 할 수 있어. 도와주겠다고 해줘서 고마워."

"천만에."

마거릿의 오빠까지 포함해 다 같이 식사를 했다. 마거릿의 오빠는 찰리 옆에 앉았다.

"좋은 햄이네." 프레드가 말했다.

"우린 이따가 오전에 장례를 치를 거야." 찰리가 말했다. "모두 각자 맡은 일을 할 거야. 뭔가 이상한 일이 생기면 쪽지에다 써서 알리면 돼. 소리를 들을 수 있는 건 이제 잠깐밖에 남지 않았어."

"음, 좋은 햄이야." 프레드가 말했다.

일출

폴린과 내가 부엌에서 얘기하고 있을 때 태양이 솟아올랐다. 그녀는 접시를 씻고 있었고 나는 접시의 물기를 닦고 있었다. 나는 프라이팬의 물기를 닦고, 그녀는 커피 잔을 씻었다.

"오늘은 기분이 좀 나아졌어." 폴린이 말했다.

"잘됐다." 내가 말했다.

"나 어젯밤에 어떻게 잤어?"

"세상모르고 자던걸."

"나쁜 꿈을 꾸었어. 널 깨우지 않았어야 할 텐데."

"안 깨웠어."

"어제의 충격은 대단했어. 모르겠어. 난 정말 일이 그렇게 되리라곤 생각하지 못했어. 하지만 그렇게 되었고, 우리가 거기에 대해 할 수 있는 건 아무것도 없는 것 같아."

"네 말이 맞아." 내가 말했다. "그냥 일이 일어나는 대로 받아들이자고."

폴린이 내 쪽으로 돌아서서 말했다.

"아마도 장례는……."

방패

마거릿은 워터멜론 슈거로 만든 수의를 입었다. 그리고 그녀는 도깨비불 구슬로 장식되었다. 그리하여 그녀의 무덤에서 불빛이 영원히 비치도록. 밤마다, 그리고 검은색의 소리 없는 날에. 오늘 같은 날에.

그녀는 이제 무덤에 들어갈 준비를 마쳤다. 우리는 아이디아뜨의 등불과 침묵 속에서 움직이면서 시내 사람들이 오기를 기다리고 있었다.

그들이 왔다. 삼사십 명이 도착했는데, 그중엔 신문 편집자도 끼어 있었다. 신문은 일 년에 한 번 발행된다. 학교 선생과 에드워즈 박사도 왔다. 이윽고 우리는 장례를 시작했다.

마거릿은 우리가 죽은 자를 위해 쓰는 방패 위에 실렸다. 방패는 유리와 먼 곳에서 가져온 돌로 장식한 소나무로 만들어졌다.

모든 사람이 횃불과 등불을 갖고 있었다. 우리는 그녀의 시체를 송어 부화장에서 꺼내 거실을 거쳐 문밖으로 내와 현관을 지나 아이디아뜨 계단 아래로 운반했다.

빛 밝은 아침

행렬은 천천히 그리고 완전한 침묵 속에서 길을 따라 움직이면서 갔다. 이제는 마거릿의 것이 된 새 무덤을 향해서. 내가 어제 무덤조 사람들이 만드는 것을 본, 마거릿을 위해 마지막 손질을 하는 것을 본, 그 무덤이었다. 태양이 하늘로 점점 더 높이 올라가면서 날은 점점 더 더워졌다. 아무 소리도, 우리의 발소리조차 없었다.

무덤조

무덤조 사람들이 우리를 기다리고 있었다. 그들은 수직 통로를 제자리에 두고는 우리가 오는 게 보이자 펌프를 가동하기 시작했다.

우리는 시체를 그들에게 넘겨주었고, 그들은 시체를 무덤에 넣느라 바쁘게 움직였다. 그들은 그 일을 하는 데 많은 경험을 갖고 있었다. 그들은 시체를 수직 통로를 따라 아래로 옮겨 무덤에 넣었다. 그리고 유리문을 닫고 봉하기 시작했다.

폴린, 찰리, 프레드, 척 영감과 나는 작은 무리를 이루어 함께 서 있었다. 폴린이 내 팔을 잡았다. 마거릿의 오빠가 건너와 우리 무리에 끼었다.

무덤조 사람들은 문을 봉한 뒤에 펌프를 끄고 수직 통로에서 호스를 떼어냈다.

그런 다음 그들은 밧줄을 이용해 말 몇 마리를 수직 통로 가로대에 매달려 있는 두 개의 도르래에 매어놓았다. 수직 통로 가로대에서 수직 통로 고리로 밧줄이 이어져 있었다.

수직 통로를 빼내는 방법이었다.

말들이 앞으로 팽팽하게 잡아당기자 수직 통로가 강바닥에서 떨어져나와 강변으로 끌어올려졌고, 이제는 가로대에 반쯤 매달려 있었다.

무덤조 사람들과 말들은 지쳐 보였다. 모든 것이 완전한 침묵 속에서 이루어졌다. 말들에게서도, 무덤조 사람들에게서도, 수직 통로에서도, 강물에서도, 지켜보는 사람들에게서도, 아무 소리도 나지 않았다.

우리는 마거릿에게서 빛이 비쳐 올라오는 것을 보았다. 그녀의 수의에 장식된 도깨비불에서 나오는 빛이었다. 우리는 꽃을 꺾어 그녀의 무덤 위로 던졌다.

마거릿에게서 올라오는 빛 위로 꽃이 떠내려갔다. 장미, 수선화, 양귀비, 그리고 야생 히아신스가 두둥실 떠내려가고 있었다.

춤

장례 다음에는 송어 부화장에서 춤을 추는 게 이곳 풍습이다. 사람들이 모이고, 좋은 밴드가 있고, 많은 춤이 이어진다. 우리 모두 왈츠를 좋아한다.

장례가 끝나고 우리는 아이디아뜨로 돌아가 춤을 위한 준비를 했다. 무도회를 위한 장식이 부화장에 걸렸고 음료수가 준비되었다.

모든 사람이 침묵 속에서 춤출 준비를 했다. 찰리는 새 옷을 입었다. 프레드는 머리를 빗는 데 삼십 분이 걸렸고, 폴린은 하이힐을 신었다.

소리가 되돌아오기 전까지는 댄스파티를 시작할 수 없었다. 소리가 있어야 악기들이 기능을 할 수 있고 우리만의 스타일로 악기에 맞춰 춤출 수 있기 때문이다. 대개는 왈츠를.

함께 요리하기

폴린과 앨이 늦은 오후에 먹을 이른 저녁 식사 요리를 함께 만들었다. 바깥은 무척 뜨거웠고 그래서 가벼운 음식을 만들었다. 그들은 감자 샐러드를 만들었는데 웬일인지 맨 나중에는 당근이 가득 든 요리가 되고 말았다.

악기를 연주하고

일몰이 삼십 분쯤 남았을 무렵 시내 사람들이 춤추기 위해 도착하기 시작했다. 우리는 그들의 매키노와 모자를 받아 걸었고, 그들을 송어 부화장으로 안내했다.

모두가 꽤 기분이 좋은 것 같았다. 연주자들은 자기 악기를 꺼내놓고 해가 지기를 기다렸다.

이제 몇 순간이 남았을 뿐이다.

우리 모두 침착하게 기다렸다.

부화장은 등불로 환했다. 송어들은 칸과 웅덩이 안에서 헤엄치며 오락가락했다. 우리는 송어들 주변에서 춤출 것이다.

폴린은 무척 예뻐 보였다. 찰리의 새 옷은 멋있어 보였다. 프레드는 어째서 머리를 전혀 빗지 않은 것처럼 보이는지 모르겠다.

연주자들이 각자 악기를 들고 자세를 취했다. 그들은 시작할 준비가 되어 있었다. 이제 몇 초 남았을 뿐이다, 라고 나는 썼다.

역자 후기

자연과 문명, 인간과 사회의 이야기

리처드 브라우티건은 1935년에 태어나, 1984년 11월, 49세에 권총 자살로 자기 삶을 마감한 작가다.

그가 처음 작품 활동을 시작했던 미국의 1960년대는, 기계 문명과 자본주의와, 관료 체제하에서 자연을 폐허화시키고 개인의 자유 의식을 억압하고 획일화, 패턴화시켜왔던 모든 것들, 즉 그 사회의 커다란 음모에 대한 성찰과 반발이 일어났던 시대였다. 따라서 불가피하게 그의 작품들은 그러한 문명과 사회 체제하에서 질식해가는 자연과 인간에 대한 풍자, 패러디, 알레고리, 조크 등을 주요 기법으로 하고 있고, 한편으론 그것들의 회복을 기원하는 경향을 띠고 있었다.

그러므로 어떤 면에서 그의 작품들은 소로, 에머슨, 휘트먼 등으로 이어지는 '목가적 자연의 옹호' '미국의 탐색'이라는 미국 문화의 전통 안에 서 있지만, 그러나 불행하게도 그는 순수한 목가적 자연이 사라지고, 그 개념들이 화석화되고, 그것을 표현해주기로 되어 있는 언어마저 소외되고 타락한 시대에 그것을 언어로써 추구하고 표현해야 하는 시대의 작가였다.

1967년에 발표되었던 《미국의 송어낚시》가 폐허와 죽음의 이미지들로 뒤덮여 있고, 언어의 유희와 패러디와 알레고리 등을 주요 기법으로 삼을 수밖에 없었던 것도 그러한 이유 때문이었겠지만, 그러나 어쨌든 '상상력의 고갈'이라는 자가 진단이 내려졌던 1960년대의 미국 문학 판도에서 《미국의 송어낚시》가 편집진들의 예상을 깨뜨리면서 200만 부 이상이 팔렸다는 사실은, 그의 기법들과 그의 문체가 얼마나 신선한 충격을 주었던가를 짐작케 해준다.

《워터멜론 슈거에서》는 이듬해인 1968년에 발표된 작품이다. 너무나 슬프고도 아름답게 읽히는 이 작품은, 요일마다 다른 빛깔의 태양이 뜨는 워터멜론 슈거라는 곳에서 이루어지는 어떤 삶들을 그리고 있다.

그러나 《미국의 송어낚시》 이후 불과 일 년 만에 발표된 이 작품은 여러 가지 면에서 앞의 작품과는 사뭇 다른 모습들을 보여준다. 앞의 작품에서 두드러지게 나타났던 풍자적인 기법들은 이제 이 작품에서는 뒷면으로 깊숙이 물러나 있다. 순수

한 자연과 인간성이라는 물物과, 그것들이 개념인 심心과, 그것들을 나타내준다는 언어 사이의 심각한 괴리, 단절을 드러내주는 데 유효한 수단이었던 그러한 기법들이 뒤로 물러난 것은, 그러한 상황에서조차도 언어로써 그것을 그려야만 하는 작가로서의 숙명에 그가 한 걸음 더 깊이 다가갔기 때문인지도 모른다.

그리하여 《워터멜론 슈거에서》는 그의 문체가 훨씬 더 시詩 쪽으로 기울어지고, 그가 그리는 이야기는 차라리 전설이나 신화의 모습으로 두둥실 떠오른다. 그리고 거기서 작가는 자연과 문명, 삶과 죽음, 현실과 이상, 현실과 신화가 단절되면서 동시에 이어져 있는, 혹은 서로 오버랩되는 어떤 어렴풋한 박명 지대를 건드리고 있다.

그러나 우리는 그 희미한 박명 지대를 이해하기 위해 워터멜론 슈거가 무엇인가, 아이디아뜨가 무엇인가, 인보일은 무엇인가, 마거릿은 무엇인가 하는 질문들을 해서는 안 된다. 쇼티라는 이름으로 의인화되었던 '미국의 송어낚시'가 무엇인가 규정하려는 순간, 그 박명의 실체가 무너져버리고 말 듯, 우리가 이 책에 나오는 모든 이름들과 모든 사물들과 모든 사건들에 대해 설명하고 규정하려는 순간 그것들은 그 존재의 빛을, 그 박명의 실체와 개념들을 잃어버릴 것이기 때문이다.

그러나 역자는 몇 개의 어휘들에 대해, 역자의 의무로서 설명을 해야 할 필요성을 느낀다. 그것은 다음과 같다.

- **Watermelon Sugar** 수박당이라는 뜻의 단어인데, 이 단어는 이 책 안에서 어휘의 뜻 그대로 수박당을 나타내기도 하고, 동시에 이 비극적인 사건들이 일어나는 장소의 이름이기도 하다.
- **iDEATH** 작가가 만든 이 합성어는 i + DEATH, 즉 '아이데스'로 읽힐 수 있지만, 역자로서 판단컨대 그게 트릭일 수도 있다는 생각이 들었다. 또한 번역을 하는 과정에서 idea + death의 합성어로 읽는 게 타당하다는 결론을 내렸기에, 그 한국어 표기를 아이디아뜨로 하기로 결정했다. 그러나 어느 쪽으로 읽든 그것은 독자의 자유다.
- **Forgotten Works** 잊힌 작품이 산더미처럼 쌓여 있는 장소의 이름이다. 이것은 워터멜론 공장Watermelon Works과 대립되는 의미를 암시하고 있는 듯하다.
- **inBOIL** 작중 인물의 이름인 이 단어 역시 브라우티건의 합성어이다. boil은 '들끓다, 들끓음'이라는 단어이기도 하고 또한 '부스럼, 종기'라는 뜻을 가진 단어이기도 하다. '안에서 들끓음'이라고 읽어야 할 것인가, 아니면 '안의 종기'라고 읽어야 할 것인가, 이것 역시 어느 쪽으로 읽든 독자의 자유이다. (작가는 자신의 작품들에 나오는 인물들을 인간이라기보다는 하나의 태도, 하나의 관점으로 보아도 무방하

다고 말한 적이 있다.)

이 이야기는 작게 보자면 사랑과 배신의 이야기고 크게 보자면 자연과 문명, 인간과 사회의 이야기다. 아마도 독자들은 이 책의 곳곳에서 아름다운 은유들을 걸친 그러한 대립항들을 알아차릴 수 있을 것이다. 이 이야기가 독자들의 마음속으로 여행해 들어가기 시작하면서 무엇이 될 건지 궁금하다. 본문에 나오는 작가의 말대로, "지금의 아이디어뜨는 차갑고, 어린 아이의 손에 들린 무언가처럼 돌고 있다. 저게 뭐가 될 수 있을지 모르겠다."

최승자

작품 해설

삶과 죽음, 또는 이상과 현실

1960년대 미국은 기성세대의 가치관에 반발했던 반체제/반문화counter culture의 시대로, 젊은이들이 반전반핵을 부르짖고 기계문명의 폐해를 비판하며, 비인간적인 물질문명에 의해 밀려난 목가주의를 탐색하고 추구했던 시대였다. 정치적으로 좌파도 우파도 아니었지만(좌우 이데올로기 모두에 염증을 느낀 세대였다), 진보적 이상주의를 꿈꾸던 그들은 뜻을 같이하는 사람들끼리 모여 여행을 떠나거나 더불어 같이 사는 공동체 건설을 염원하기도 했다. (당시 거리에서 히피들이 모여 공동생활을 했던 것도 바로 그런 염원의 한 표출이었다. 그러나 19세기 중반 초월주의자들의 공동체였던 '브룩 팜'이나, 19세기 후반 미국 작가 에드워드 벨러미의 《뒤를 돌아보면서》에 나오는 유토피아적 사회주의 공동체는 모두 실패한 것으로 평가받고 있다.) 리처드 브라우티건은 바로 그러한 1960년대 정신을 계승한 대표적인 작가이다.

《워터멜론 슈거에서》(1968)에 등장하는 이상적인 마을 아이디아뜨도 어떤 면에서는 그런 유토피아적 공동체를 연상시킨다. 마치 시처럼 리드미컬한 산문으로 쓰인 《워터멜론 슈거에서》는 워터멜론 슈거로 둘러싸인 가공의 마을인 아이디아뜨에 살고 있는 사람들에 대한 우화적인 이야기이다. 이름을 밝히지 않는 화자와 삼백칠십오 명의 주민들이 살고 있는 아이디아뜨는 모든 것이 달콤한 워터멜론 슈거로 되어 있는, 즉 목가적 꿈이 보존되어 있는(적어도 그렇게 사람들이 믿고 있는) 다분히 환상적인 곳이다. 그곳은 날마다 모든 것이 변하며, 매번 다른 빛의 태양이 각기 다른 색의 수박을 자라게 하는 다양한 색상의 마을이다.

그런 의미에서 아이디아뜨는 지구가 파멸한 다음 새로 건설된 에덴동산과도 같은 분위기를 자아내며, 화자 역시 새로운 시대의 아담 같은 모습을 보여준다. 낙원에는 물론 이브가 있어야 한다. 화자의 옛 애인 마거릿은 이브처럼 남자친구의 뜻을 무시하고, '잊힌 작품*'이라 불리는 타락한 마을로 가서 잊힌 과거의 것들을 수집함으로써 아담을 슬프게 하고 낙원에

* 문학에서 works는 대개 작품을 의미하나 여기서 Forgotten Works는 잊힌 작품, 잊힌 성취, 잊힌 노력 등 보다 포괄적인 의미로 쓰였다고도 볼 수 있다.

어두운 그림자를 드리운다. 낙원에는 또 이브를 유혹하는 뱀이 있어야 한다. 아이디아뜨를 떠나 저주받은 마을인 잊힌 작품에 가서 살고 있으며, 마거릿을 그곳으로 유혹하는 인보일은 바로 그 뱀의 역할을 맡고 있다.

화자가 새로운 인류의 조상이며 새로운 세상의 주민을 상징한다는 것은 작가가 그에게 굳이 이름을 부여하지 않은 사실에서도 잘 드러난다. 화자인 '나'는 사실 특정인이라기보다는 목가주의를 추구하는 우리 모두의 대명사라고도 할 수 있기 때문이다. 그래서 화자는 자신의 보편성에 대해 이렇게 말한다.

> 내가 누구인지 당신은 좀 궁금하겠지만, 나는 정해진 이름이 없는 그런 사람 중 하나다. 내 이름은 당신에게 달려 있다. 그냥 마음에 떠오르는 대로 불러달라.
>
> 오래전 당신에게 있었던 어떤 일에 대해 생각한다고 해보자. 누군가 당신에게 어떤 질문을 했는데 당신은 답을 알지 못했다.
>
> 그것이 내 이름이다.
>
> 혹은 아주 세차게 쏟아졌는지도 모른다.
>
> 그것이 내 이름이다.

아이디아뜨가 낙원의 상징이라는 것은 도처에 강이 있고,

그 강에 송어들이 살고 있다는 점에서도 분명해진다. 심지어 아이디아뜨에서는 거실에서도 강이 흐른다. "여기서 우리는 모든 것을 강이라고 부른다. 우리는 그런 사람이다"라고 화자는 말한다. 브라우티건의 소설에서 강과 송어는 잃어버린 목가적 꿈을 상징한다. 그렇다면 아이디아뜨에 나오는 도처에 편재한 강과 송어들 역시 현대인들이 상실한 채 살고 있는 전원적인 꿈과 풍요를 상징한다고 볼 수 있을 것이다.

> 소나무 숲, 그리고 그 소나무 숲에서 흘러나오는 강이 보인다. 강들은 차갑고 맑고, 강물에는 송어가 있다.
>
> 어떤 강은 폭이 겨우 몇 센티미터에 지나지 않는다.
>
> 나는 너비가 1센티미터인 강을 하나 알고 있다. 내가 그걸 아는 이유는 온종일 강가에 앉아 있으면서 재본 적이 있기 때문이다. 그때 오후 한중간에 비가 내리기 시작했었지. 여기서 우리는 모든 것을 강이라고 부른다. 우리는 그런 사람이다.

아이디아뜨에는 또 송어 부화장도 있다. 사람을 잡아먹던 호랑이들을 모두 불태워 죽인 다음, 바로 그 자리에 마을 사람들은 송어 부화장을 세운다. 사람처럼 말을 하면서 화자의 부모를 잡아먹은 호랑이는 인간을 해치는 과거의 잘못된 유산처럼 보인다. 송어처럼 자연에 속하지만, 송어와는 달리 호랑이는 인간에게 위협이 되는 자연의 부정적 측면의 상징이자, 떨쳐내고 제거해야 할 과거의 낡고 어두운 짐처럼 보인다. 이와 같은 복합적인 구성과 설정으로 작가는 수준 높은 문학작품을 능히 산출해냈다.

잊힌 작품은 낙원인 아이디아뜨와 병치되는 타락한 지역이다. 그곳은 워터멜론 슈거 대신 잊힌 것들로 둘러싸인 곳이며, 악당들은 잊힌 것들로 위스키를 만들어 마신다. 원래는 아이디아뜨에서 살았지만, 잊힌 작품으로 이주해 가서 위스키를 제조하고 술에 취해 꿈을 망각한 채 살고 있는 인보일과 그의 패거리들은 타락한 인간쓰레기라고 할 수 있다. 마거릿과 함께 잊힌 작품을 찾아간 화자는 입구에서 다음과 같은 표지를 발견한다.

> 여기는 잊힌 작품 입구입니다.
> 조심하십시오.
> 당신은 길을 잃을지도 모릅니다.

잊힌 작품은 실패한 인류 역사의 상징이자 타락한 곳이고, 목가적 꿈이 부재한 무덤 같은 곳이다. 화자에 의하면, "잊힌 작품 안에는 초목 하나 자라지 않았고 짐승 한 마리 살고 있지 않았다. 그 안에는 풀잎조차 없었고 새들도 그 위를 날고자 하지 않았다." 그런 그곳을 화자는 이렇게 묘사한다.

잊힌 작품이 얼마나 오래되었는지 아무도 모른다. 우리가 가볼 수 없는, 그리고 가보길 원치도 않는 먼 곳까지 뻗쳐 있기에.

잊힌 작품 아주 멀리까지 들어가본 사람은 한 명도 없다. 찰리가 말한, 그곳에 관한 책을 썼다는 그 사람 외에는. 그 사람의 고민거리는 무엇이었을까. 거기 들어가서 몇 주일을 보내다니.

잊힌 작품은 자꾸 자꾸 자꾸 자꾸 자꾸 자꾸 자꾸 자꾸 자꾸 이어질 뿐이다. 그러면 상상이 갈 것이다. 그곳은 크다. 우리보다 훨씬 크다.

마거릿의 문제는 호기심으로 인해 잊힌 작품에 너무 오래 머물러 있었다는 점이다.

그녀는 자신의 잊힌 물건 수집을 위해 더 많은 것을 얻고 싶어 했다. 이미 필요 이상으로 많은 것을 가졌는데도.

그녀는 자신의 오두막과 아이디아뜨에 있는 방을 그런 물건으로 가득 채워놓았다. 그녀는 심지어 그중 얼마간을 내 오두막에다 보관해두고 싶어 했다. 나는 싫다고 말했다.

마거릿은 이브처럼 끝내 유혹에서 벗어나지 못하고 살다가 결국 자살로 생을 마감한다. 화자는 마거릿에 이끌리지만, 이제는 그녀 대신 폴린이라는 여자를 사랑하게 된다.

작품의 마지막은 다소 폭력적으로 끝난다. 술에 취한 악당 인보일과 그의 일당은 아이디아뜨로 찾아와, 아이디아뜨란 사실 거기 살고 있는 사람들의 환상일 뿐이라고 폭로하며, 자신들의 엄지손가락과 코와 귀를 잘라 내던지고 과다 출혈로 죽는다.《워터멜론 슈거에서》가 복합적이고 이중적인 비전을 제시해주는 것은 바로 그 순간이다. 모든 것이 달콤한 '워터멜론 슈거'에서 안락하게 살고 있는 사람들은 사실 외부 현실에 눈을 감은 채 자신들이 만든 허구의 구축물 아이디아뜨iDeath 속에서 살고 있으며, 그들을 지탱해주고 있는 이상idea에도 이미 죽음death이 깃들어 있는지 모른다. 인보일 일당이 송어 부화장에 와서 죽는 것도 상징적이다. 인공 부화장은 강에 송어가 부족할 때엔 유용한 방법이면서도, 동시에 테크놀로지를 이용해 인공적으로 송어를 만들어낸다는 점에서는 부정적이기 때문이다.

리오 마르크스가《정원 속의 기계The Machine in the Garden》에

서 지적하고 있듯이, 인간은 기계를 버리고 목가적 정원에서 살 수만은 없다. 정원조차도 잔디 깎는 기계를 필요로 하기 때문이다. 그렇다면 기계와 정원의 조화와 합일이 중요할 수밖에 없다. 그는 기계를 배척하고 정원(또는 전원)에서만 살겠다는 태도를 '감상적 목가주의sentimental pastoralism', 기계와 정원의 공존과 조화를 추구하는 태도를 '복합적 목가주의complex pastoralism'라고 부른다. 최근 인간 중심주의를 넘어서서 인간과 자연 또는 인간과 기계의 합일을 주장하는 새로운 사조인 포스트휴머니즘이 등장하고, 생태문학과 사이보그문학이 부상하는 배경에도 바로 그러한 인식이 자리 잡고 있다. 그렇다면 《워터멜론 슈거에서》도 브라우티건은 복합적 목가주의를 염두에 두고, 이상주의적 공동체에 대한 비판과 '잊힌 것'에 대한 기억의 중요성을 상기시켜주고 있다고도 볼 수 있을 것이다. 작가가 이상적 공동체의 이름을 왜 하필 idea(ideal)와 death의 이중적 의미가 깃들어 있는 복합어인 iDeath라고 명명했는지 깨닫게 되는 것도 바로 그 순간이다.

브라우티건은 자신의 작품에 늘 이중적 의미와 이중적 장치를 즐겨 숨겨놓았던 작가였다. 예컨대 《미국의 송어낚시》에서 '미국의 송어낚시'는 구체적인 행위이자 사람의 이름이며, 목가적 꿈을 추구하는 현대인의 염원이자 현실에 부재하는 정신적 풍요를 상징한다. '워터멜론 슈거' 또한 장소의 이름이자 과일이며, 우리가 상실한 목가적 꿈이자 오늘날 우리 사회에 부재하는 정신적 풍요의 상징이다. 과연《워터멜론 슈거에서》는 이중적 의미와 상징으로 가득 차 있다. '아이디아뜨'와 '잊힌 작품' '화자와 인보일' 그리고 '잊힌 작품에서 사는 마거릿과 워터멜론 슈거에서 사는 폴린'은 각각 대칭을 이루며 이중적 의미를 함축하고 있으며, 이 작품의 주요 모티프인 삶과 죽음, 또는 이상과 현실도 그러하다. 이러한 이중적 비전의 이면에는, 이상적인 것은 쉽게 파괴되고 결국 죽음에 이르게 된다는 작가의 허무주의가 깃들어 있는 것처럼 보인다. 브라우티건은 1968년에 벌써 iDeath라는 단어를 사용함으로써, 2000년대에 등장하게 될 iPod나 iMac을 예견한 선구자적 작가였다.

《워터멜론 슈거에서》는 아름다운 산문으로 쓰인 다분히 초현실적인 분위기의 작품이다. 《미국의 송어낚시》에서처럼, 《워터멜론 슈거에서》의 화자 역시 작가다. 전자의 마지막에 작가는 황금펜촉의 글쓰기를 통해 다시 한번 목가적 꿈의 회복을 기원한다. 그리고 일상의 음식 이야기(마요네즈)로 끝을 맺는다. 《워터멜론 슈거에서》에서도 작가는 여전히 글을 쓰고 있으며, 등장인물들은 늘 일상의 음식을 요리하고 먹는다. 마치 《아라비안나이트》에서 러브 메이킹과 픽션 메이킹이 병치

되듯이, 브라우티건의 작품들에서는 늘 글쓰기와 요리하기가 서로 긴밀히 병치되고 있다. 글쓰기란 우리에게 정신적 생명을 준다는 점에서, 궁극적으로는 요리하기(음식 먹기)와도 같은 의미를 갖기 때문일 것이다. 브라우티건은 예술이나 글쓰기란 숭고하고 특별한 것이라기보다는, 마치 음식처럼 일상적이고 식사처럼 의식儀式적인 것이라는 사실을 잘 알고 있었던 작가였다. 그런 의미에서 그는 예술을 신성시했던 모더니스트가 아닌 진정한 포스트모더니스트였다. 《워터멜론 슈거에서》 역시 작가의 그런 인식을 잘 드러내주고 있는 탁월한 소설이다.

김성곤(서울대학교 명예교수, 문학평론가)

옮긴이 최승자

1952년 충청남도 연기 출생. 고려대학교 독어독문학과를 졸업했다. 계간 《문학과 지성》에 〈이 시대의 사랑〉 외 네 편의 시를 발표하면서 시인으로 등단했다. 지은 책으로는 시집 《이 시대의 사랑》《즐거운 일기》《쓸쓸해서 머나먼》《빈 배처럼 텅 비어》《한 게으른 시인의 이야기》 등이 있고 《혼자 산다는 것》《침묵의 세계》《빈센트 반 고흐》 등 다수의 책을 우리말로 옮겼다.

Modern&Classic

워터멜론 슈거에서

1판 1쇄 발행 2007년 10월 17일 **1판 6쇄 발행** 2016년 5월 30일
개정판 1쇄 인쇄 2024년 5월 8일 **개정판 1쇄 발행** 2024년 5월 24일

지은이 리처드 브라우티건 **옮긴이** 최승자
펴낸이 박강휘
편집 류효정 정혜경 **디자인** 유상현
마케팅 이헌영 **홍보** 반재서

발행처 김영사
주소 경기도 파주시 문발로 197(문발동) 우편번호 10881
등록 1979년 5월 17일 (제406-2003-036호)
구입 문의 전화 031)955-3100 **팩스** 031)955-3111
편집부 전화 02)3668-3276 **팩스** 02)745-4827 **전자우편** literature@gimmyoung.com
비채 블로그 blog.naver.com/viche_books
인스타그램 @drviche @viche_editors **트위터** @vichebook
ISBN 978-89-349-6208-3 04800 책값은 뒤표지에 있습니다.

비채는 김영사의 문학 브랜드입니다.

IN
WATERMELON
SUGAR